みやざきエッセイスト・クラブ
作品集28

パスカルの微笑

はじめに

みやざきエッセイスト・クラブ会長　福田　稔

今年も無事に作品集を出すことができた。新型コロナの感染流行の中で、さまざまな人たちの力添えをいただきながら、途絶えることなく出版できたことを嬉しく思い、また、執筆者や協力いただいた方々には心より感謝申し上げたい。

さて、今年の五月八日に、新型コロナウイルス感染症の位置づけが五類感染症と変更された。そして、五月二十八日には三年ぶりに対面で、みやざきエッセイスト・クラブの総会が開催された。久しぶりに皆さんにお会いすることができて大変嬉しく思った。これからも感染対策に気をつけながら、通常の活動に戻りたいと思う。

私はこれまでとは変わりなく感染対策を続けてきたつもりだった。しかし、この四カ月間の間に、油断大敵という言葉の重みを身に染みて感じることになった。

まず、五月にインフルエンザに感染した。私以外の家族全員が感染していたので、私がインフルエンザに感染するのは時間の問題と思っていたが、タイミングが悪かった。上京する計画を全て土壇場でキャンセル（いわゆる、ドタキャン）する事態となり、いろんな方に迷惑をかけてしまった。幸い、私のインフルエンザは「もどき」を付けたくなるほどの軽症だった。ただ、もっと注意すべきだったと、ずいぶんと悔やまれた。

そこで、八月の海外での学会発表のための出張は、キャンセルすることのないよう、慎重に準備を進めた。そして、無事に学会に参加し、発表を終えて宮崎に帰ることができた。

ところが、宮崎に着いた直後からどことなく体調がおかしい。熱っぽい。熱を測ると三九度もあるではないか。すぐに発熱外来の予約をして、翌日かかりつけの病院に行った。

「インフルエンザは陰性ですが、コロナが陽性ですね」

そう医者に言われて、納得する点が自分にあった。海外滞在中に、短い時間なら大丈夫だろうと、マスクを外して会話をしたことが何度かあったからだ。気が緩んだのがいけなかった。まさに油断大敵だ。

幸いなことに、今回も発熱したのは発熱外来の予約をしたときだけだった。病院で診察を受けたときは、既に平熱に戻っていたのだ。それから発熱することもなく完治した。今回も「新型コロナもどき」と呼びたくなるほどの軽症で済んだ。ワクチンを五回も受けていたおかげかもしれないが、緊張感があるときの方が健康でいられるのかもしれない。

クラブの総会で、対面でお話しているときに感じた楽しい気持ちも、見方を変えると緊張感に通じるかもしれない。これからは、心地よい緊張感を味わいながら、クラブの活動を進めていきたいと思う。

同じように多くの方々に、この作品集に収められた作品を読みながら、心地よい緊張感を味わっていただければ幸いである。

目次

カバー絵・扉絵

児玉　陽亮（こだま　ようすけ）

一九八二　宮崎県児湯郡新富町生まれ
一九九六　清絵画研究所に入り、師・清　忠寿氏に師事
一九九八　宮崎県立妻高等学校入学　　宮日総合美術展　奨励賞受賞
一九九九　九州青年美術展にて二席　河北賞受賞
二〇〇〇　宮日総合美術展　奨励賞受賞
二〇〇一　第五回宮崎県海外留学賞受賞
　一年間、パリの美術専門学校アカデミーグランシュミエールに通う
二〇〇三　宮日総合美術展　大賞受賞
二〇〇七　宮日総合美術展　特選受賞 宮日展特選3回受賞により、無鑑査
　清絵画研究所を卒業

以後精力的に制作活動を行い、個展開催等多数。現在は宮崎県美術協会理事。児玉絵画教室主宰。川南町のアトリエにて制作を行う

作品名

カバー絵「光の世界」
扉　　絵「とある情景」

パスカルの微笑

みやざきエッセイスト・クラブ 作品集28

伊野啓三郎

明日への祈り

明日への祈り

くちなしの白い花が梅雨に濡れて、健気にも地面を這うように辺りに甘くふくよかな香りを漂わせている。

鬱陶しい季節を忘れさせるひととき。

我が家の庭にはもう一本甘酸っぱい香りを漂わせる柚子の木がある。くちなしよりも一か月ほど早く三メートルほどの高さの木の枝のあちこちに小さな花芽をつけて、柚子風呂や冬の料理に欠かせない楽しみへの期待に応えて成長を続けている。木の側に佇むと微かな香りが感じられる。柑橘類独特の香りだ。

辺りを見回すと次々と植物たちの一生懸命に生きる姿が目に映る。植物たちにも老若の差が見られるのか、去年まで、元気に大輪の花を次々と三輪ほど咲かせていたシャコバサボテンの一鉢が今年は一輪しか花を咲かせず、昨年の写真を調べてみると別の一鉢も花が少なく枝葉が黄色く変色しているのを発見した。しっかりと手入れはしたつもりだったのだがと思う反面、家内が生存中、二人で手入れして育てたあの頃の勢いが見られないことに気づいた。二十数年、毎年家族の目を楽しませてくれたシャコバサボテンに変化が現れたことの無言の知らせだ。

専門家を訪ねて詳しく話し、写真を見てもらい対比された上での所感は加齢現象とのこと、植物も人間同様の生きざまに驚かされた。年年歳歳、衰えてゆく姿、顕著には目に映ることはなく、弱った体に鞭打って花を咲かせてきたそんな花の心がいじらしく、肥料をたっぷりと振り撒いてやったことだった。

つい最近まではそれほどまでも気にもとめなかった自分の齢（一九二九年二月二十四日生）が、このところ無性に気にかかり始め、口には出さぬが何かと自身の明日を案じる日常に心の憂いを感じる日が続いている。

陽気で常に上を向いて走り続けてきた長い人生。自分の姿が委縮してしまってはならぬと、心に強く言いきかせてはいるものの、深夜ベッドに入り寝入るまでの数分間瞼に浮かぶそのような心の動揺は、かくしようもない。

九十四年の年月を経る中での六十数年、交友関係を振り返ると先輩経済人から受けた貴重な信頼。不幸にして病に倒れ、鬼籍に入られた先人の方々に感謝と冥福の祈りを込めた線香を供えての朝のひととき、自身の反省のひとときでもある。

徳川家康の家訓の中の一節に

「人の一生は重き荷を負って遠き道を往くが如し」

と書かれているが、それほどの苦労もなく安易に過ごしてきた人生に、大いに反省の言葉として重く覆い被さってくる。多くの大先輩の信頼を受けての長い人生。そんなひとこまひとこまがまるで走馬燈のようにくるくる廻って消えてゆく。

敗戦の悲しみを乗り越えて復興を成し遂げた祖国日本。多くの国民が安定した生活基盤の上に立っての幸せな日常、ラジオ、テレビの新時代がスタートして広告文化の発展の続く中、東奔西走した五〇年代初頭から創造の世界に生きた誇りは、今も大切に心の中の宝物として温存している。熾烈なクリエイティブの世界、「生き馬の目を抜く」ような営業活動の中での最大の武器は車であった。市内はもちろんのことだが、県内各地を自由に飛び回っての営業活動にとって貴重な存在であった。

早速運転免許の取得のために一週間ほど教習所に通い、受験したところ一度で合格するラッキー。社長が早速買い与えてくださったのが、当時若者に人気の「スバル３６０」。カブト虫の形をした意表をついた外観は、何とも言えない「カッコウ」の良さだった。目立つこと「シキリ」。

会社に駐車場が無く、当時家内の実家の借家を借りての住まいだったので、そこは広い庭があり、夜間、休日の駐車場として会社往復の自動車通勤。営業実績を評価しての単独使用の指示を頂いてますますその機運は上昇したことであったように思う。

時代は刻々と進み、マイカー時代はまたたく間に広がり、各メーカーは車種毎にディーラーの設立が行われ、活発な宣伝活動が始まり、我が社はT系列二社とN系列二社の広告取り扱いが営業努力の結果決まった。そのような推移から担当ディーラーへの車の愛着はおのずから高まり、社員それぞれの購入も見られるようになった。中でも日産プリンスの流れるような線の美しさにすっかり魅せられて長いおつき合いが始まった。

新車が到着したその日、家内を乗せて三十分ほどあちこちドライブした時の感動と家内の喜びの言葉がはっきりと心に浮かんでくる。その後、スカイラインの誕生は大きな喜び、動線の美しさは、ケンとメリーのＣＭと重なって心をしびれさせられる。それは正にスカイラインの心に感じるストーリー。以後、モデルチェンジが行われる度に、乗り換えのお話を頂き、最高の感触を得させていただいたことだった。

それから数年後、家内の人工透析治療が始まり、車への楽しみは一変した。付添人と同時搬送の利便性のために現在の日産車に乗り換えて以来の現在、随分長い歴史の中での現在の車に何回目かの車検の通知が届いた。近くに住む長女や東京に住む次女の二人から「高齢で危険だから運転はやめて！」と再三この数年の忠告を今度は素直に受け入れることに決めた。思えば六十四年間の車とのつき合い、切っても切れぬ車との縁、果たして今後の車のない生活はどうなるのだろうか。不安は刻々と心に迫ってくるが、親しくお付き合いのみやこタクシー社長とのご縁を頼りに全てをお願いすることにした。

未練がましく毎日毎日の残された日が過ぎていく。家内の晩年最後の思い出を過ごしたえびの市のコスモス園を始め、神経内科医で家内の主治医でもあった赤嶺俊彦先生より人生最後の思い出づくりをしては、という貴重なアドバイスを受けて気分転換のドライビング。そんなすべてを優しく支えてくれた愛車での想いは果てしなく続く。

遂にその日がやってきた。

七月五日午後六時三十分、担当の岡本部長さんが社員を同伴して引き取りにやってきた。彼の勧めで購入して長年愛用し、今日、再び彼の手に渡すという、何という因縁だろう。二十二年もの長い間、一度も「エンスト」したこともなく意の儘に動いてくれた愛車、妻亡き後、無性に心を覆うその都度「堀切峠」の展望デッキに立って、水平線に向かって、恋しさに大声で妻の名を叫んだことなど。誰にも知られぬ淋しさの秘密を愛車はその心をしっかりと繋ぐ役割を無言で果たしてくれた。

大方の男性が妻に先立たれた後、数年を経ず、新たな生活に入るのが社会通念として認められている中、孤独に堪えて生きてこれたことは、熾烈なアドバタイジングの世界を生きぬく毎日の動きの中に何物かを求める心の存在があったからであろう。職を辞して早くも十年、近くに住む娘且子の父への労り、愛車のお陰で三度の食材を求めてのスーパー巡り、定期健診のための病院通い、神宮一の鳥居側のタムラサキ理髪店へ月一回通っての老人のオシャレの楽しみ等々。それらのすべてがうたかたのように消え去ってしまうのは余りにも淋しいことだ。人間長生き喜びの中にしのび寄る一抹の憂い、それはただならぬものを感じさせられる。健康あっての楽しい人生、しかしそれにしても自ら限界があることの自覚も大切なことである。さまざまな想いが交錯して心が乱れる。凡人の儚さを突きつけられた思いが、再三迫ってくる。

そのような想いがいちどきに去来して混乱する中、岡本部長さんの「それでは長い年月大事に乗っていただいて有難うございました。失礼します」という言葉をあとに、自分の分身として日夜を厭わず盡してくれた愛車が別れを惜しむかのように去っていった。

辛い別れの瞬間が過ぎ心がフッ切れた思い。あれほどこの数日間思い悩んだことが、まるで嘘のように過ぎ去ってしまった思い。見事な「別れのフォルム」。


心は明日からの足への祈りへと移る。

六十三年間の足の利便さに、馴らされて老化した足への「喝」、九十四歳の足への挑戦、確かな出発への祈りの始まりがヒタヒタと心に伝わってくる。

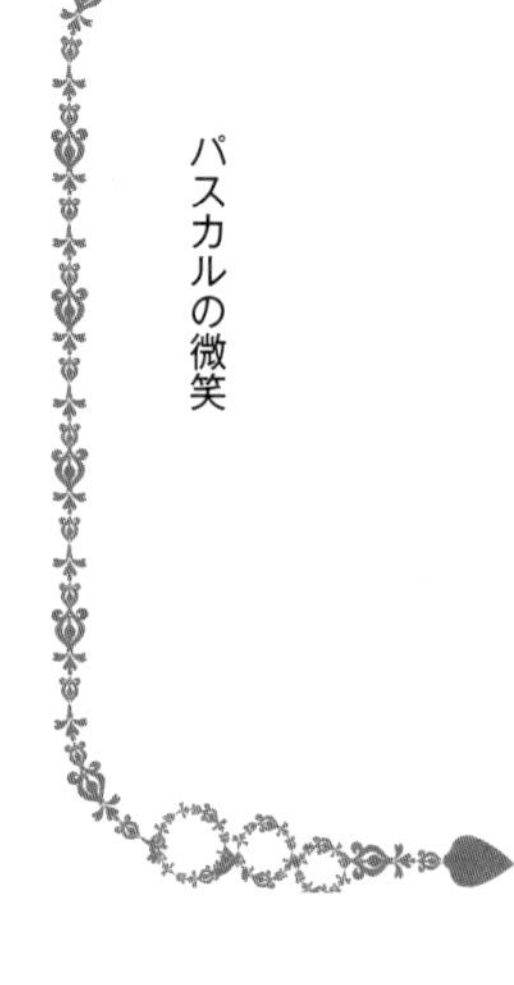

岩田英男

パスカルの微笑

ブレーズ・パスカル著『パンセ（瞑想録）』は、青年時代の枕頭の書だった。生きる意味を模索せざるをえない彷徨のなかにあったからである。藁にでもすがるように邂逅したのが、『パンセ』であり、大きな慰めと生き抜く勇気をもらった。のちに第一次世界大戦に従軍したフランス軍の多くの兵士たちが、『パンセ』を軍事用リュックサックに携行したという話を仄聞した。

第一次世界大戦では、爆撃機・潜水艦・戦車・毒ガスなどの大量殺りく兵器が歴史上初めて投入され、国民総力戦のなか、陸上で兵士たちは死者と傷病兵と泥水と汚物と悪臭の塹壕の中で寝起きし、理不尽な戦いを強いられた。いつ敵襲があり、明日の命も知れぬ不安と恐怖はいかばかりのものであったろう。兵士たちはわずかな光と休息のなかで、『パンセ』をむさぼるように読んだにちがいない。民間人も含めると一千六百万人もの人々が犠牲となった大戦で、兵士の命は羽毛より軽かった。映画『西部戦線異状なし』は何度も制作され、その悲惨を伝えて余りある名作だ。

『パンセ』で最も有名なのは、次のフレーズである。

「人間はひとくきの葦にすぎない。自然の中で最も弱いものである。だが、それは考える葦である。彼をおしつぶすために、宇宙全体が武装するには及ばない。蒸気や一滴の水でも彼を殺すのに十分である。だが、たとい宇宙が彼をおしつぶしても、人間は彼を殺すものより尊いだろう。なぜなら、彼が死ぬることと、宇宙の自分に対する優勢とを知っているからである。宇宙は何も知らない。

だから、われわれの尊厳のすべては、考えることのなかにある。われわれはそこから立ち上がらなくてはならないのであって、われらがみたすことのできない空間や時間からではない。だから、よく考えることに努めよう。ここに道徳の原理がある」

――パスカル『パンセ』前田陽一・由木康訳（中公文庫）より引用――

この箴言集は、「パスカルの原理」「計算機の発明」などで有名な科学者・数学者でもあった彼が、当時ヨーロッパで台頭した理性万能主義の風潮に対して、その危さや人間の弱さや心の機微について書いた断片を編集し、死後出版されたものだ。

同時代の哲学者デカルトは『方法序説』を著し、「われ思う、ゆえにわれあり」と人間の理性と認識を世界の中心におき、すべての現象は科学と数学で説明できると豪語し演繹法（大きな一つの大前提から結論を推論する手順）を確立した。これに対しパスカルは、「デカルトはよくない」と、あえて科学万能主義を否定した。

デカルト的手法・世界観によって、科学は近代から現代において著しく発展し、ついには核兵器の開発に貢献した。

われわれは現在、世界に一万個をはるかに超える核兵器によって、いつでも滅びる状況にあることを忘れてはならない。

さらに現今、精神的にも人類の滅亡が迫っている実感はおありだろうか。チャットGPT・生成AIが登場し、実用化されはじめ、生活や職場を侵食しはじめていることに恐怖をおぼえないだろうか。

ある土曜日の午前中のことである。

かかりつけのクリニックのＳ医師に診察を受け、処方箋を書いていただいている時、たまたま私のあとに患者がいない短い時間の対話の中で、突然こうおっしゃった。

チャットＧＰＴについて、

「あれは孔子の言葉を借りれば、『巧言令色鮮（すくな）し仁』ですな」

「はあ」と戸惑っていると、

「サーバーは膨大な電力を必要とするから環境にも悪く、万一停電したらガラクタですよね」

と続けておっしゃった。

お医者様は博学な方が多く、よく反芻しなければ意味がわからないことがよくある。

帰宅途中、頭の中を整理してみると、チャットＧＰＴに代表される生成ＡＩは、著作権も引用元も無視した膨大なデータベースにより、大概の質問には答えるが、その答えには人格も感情もなく、仁、つまり忠恕（ちゅうじょ）、わかりやすくいうと、まごころも思いやりも惻隠の情もない無責任な解答である。

さらに膨大な電力を必要とし、環境負荷が大きく、電力が遮断された途端に、無用の長物になるのではないかということを、教えてくださろうとしたのだと、得心がいった。

そんなことを考えていた矢先、尊敬してやまないお茶の水大学名誉教授・藤原正彦さんの知見にめぐりあった。

チャットGPTは著作権の侵害はもとより、常識・情緒・道徳などの見識が完全に欠落しているばかりでなく、校閲もなく野放しにすると、役立つ以上に人類を精神的に破滅させかねない。その点で核兵器や原子力と同類で、制作や利用に強力な国際ルールで規制を加えるべきであり、血と汗と涙によって獲得した自由権をも制限しないとならなくなるという達観である。

ところでデカルトとパスカルの業績を、パリで研究し、帰国もされず、かの地で永眠された森有正さんをご存じだろうか。明治時代の政治家・森有礼の孫であり、哲学者・フランス文学者である。森さんの研究の最大の果実は『デカルトとパスカル』で名著といえるだろう。二人の思想家とも人類の知的遺産というべき同時代の双璧だが、私はデカルトよりもパスカルに改めて軍配を挙げたい。

人間の理性を世界の中心におき、その思考の延長上に核兵器と精神的な核兵器ともいうべき生成ＡＩを生んだデカルトよりも、数学・科学に精通しながら、情緒や感情を重んじ、人間の本質が考えることにあり、死にゆく存在であることを自ら認識できることで宇宙にも勝る唯一の存在と捉えたからである。

人間の本質である考えることを放棄して、たかが機械的道具でしかない生成ＡＩに任せきってはならない。便利・簡単・安易さに隠蔽（いんぺい）された、無限の陥穽（かんせい）に気付くべきだろう。

現在、国や地方公共団体において、チャットＧＰＴの利活用の在り方や制限方法が模索されている。

近い将来、本格的に導入されれば、議会における議論はますます形骸化し、国家・地方を問わず公務員の数は現在の半分以下になるだろう。自らの職業人としての地位も誇りも危うくなりかねない自覚はおありだろうか。他の職業・業種においても、その予測は排除できない。

国際連合やＥＵ諸国では、人類生存の根幹を揺るがしかねず、社会構造を崩壊させかねない強い危機感から、いち早く制限の方向で論議を深め、一部法制化している。

日本政府や文部科学省もガイドラインの作成を急ぎ通達しようとしているが、仄聞するかぎりその内容は曖昧で危機感に乏しく、能天気で寛容すぎるように思われてならない。

つい先年の、小学校に英語学習が導入された際の論議が想起される。日本で最初に英語の同時通訳をされ、英語教育に精通された鳥飼久美子さんをはじめ、大学教授など多くの英語に携わる専門家が、週一時間程度の導入ではお遊びで、むしろ英語嫌いを増やすばかりだと猛反論があったにも関わらず、安易に導入された経緯である。

つい先年まで私は、日本という主権国家も母国語である日本語も日本独自の伝統文化も永遠に存続するという、幻想を抱き平和ボケの中にあった。しかし水村美苗さんが著した『日本語が亡びるとき～英語の世紀の中で～』は、衝撃的だった。英語が世界共通言語化していく中で、日本語は世界に何百とある言語の一つにすぎず、少子化・超高齢社会の進行による人口減少や国力の衰退などによって、亡びゆく可能性が排除できないという指摘だ。

それでも文部科学省は、英語が話せる国際人を育成するという美名のもとに導入に踏み切った。結果、小学校教諭の多忙さを増幅したばかりで、肝腎の国語教育はなおざりにされたままだ。

長年教壇に立ってきた教員の端くれとして、少なくとも人間・日本人としてのアイデンティティの確立が最大の発達課題である、中学校を卒業するまでの義務教育期間において、一切使用を禁ずる必要があるように思われてならない。極論すれば、小中学生にとってチャットGPT・生成AIの利活用は、百害あって一利なしだ。

高等学校や大学など、それ以上の上級学校においても厳しい規制を設けるなど、早急な対策をとらないと、とりかえしがつかない事態に陥る気がするのは私だけだろうか。

「ほうら、情緒や仁・惻隠の心、倫理のない科学的成果の最優先は危険だと、僕がいってたとおりじゃないか」

秘かに微笑むパスカルを、毎日、身近に感じながら暮らしている。テレビなどで気象情報があるたびに、名前を聞かない日はないからだ。気象庁では気圧を、かつてのミリバール（m bar）からヘクトパスカル（h Pa）に変更した。1ヘクトは、国際単位系（SI）で百を表す接頭語であるから、一ヘクトパスカルは百パスカルである。

パスカルが定義した、考える葦としての人間存在の本質や卓越性を、精神的大量殺りく兵器ともいうべきチャットGPTに代表される生成AIなどで、決して失ってはならない。

パスカルの予言は深遠であり、箴言集『パンセ』を、今こそ精読すべき時代に生きているのではないだろうか。

鈴木康之

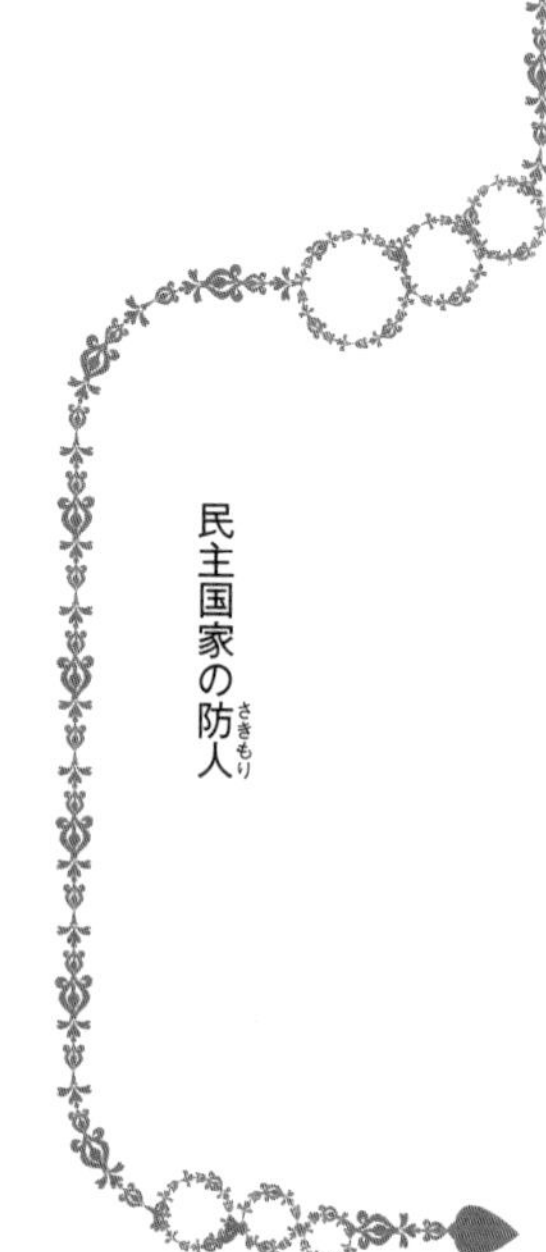

民主国家の防人（さきもり）

私は昭和九年八月七日生まれで、今日米寿を迎えているが、先行き気になることがある。

わが国の「少子高齢化と人口減少問題」が喧伝されて久しい。また国際的には「地球温暖化と異常気象問題」も然りだが、ここにきて「この国は大丈夫だろうか」と思うようになった。

新型コロナがパンデミックになる中、昨年二月、隣国のプーチン大統領（七十歳）のロシアが隣国ウクライナに侵攻した。ロシアの同国に対する侵攻は、二〇一四年二月、黒海の要衝の地・クリミア半島に次ぐもので、プーチンは同半島を併合している。

また、近年隣国中国の台頭はめざましく、思ったより早い時期に名目GDPで米国を凌駕するとされ、一帯一路、南・東シナ海やインド洋などでの海外進出も活発である。昨年、中国共産党トップで国家主席の習近平（七十歳）の任期が異例の三期目を迎え、ここにきて台湾有事が取りざたされている。また日中関係では尖閣諸島の領有権問題にとどまらず、先月同主席が「琉球の領有権」に言及したことは注目される（六月四日・人民日報）。

領有権問題では先の大戦の終戦を前にソ連のスターリン首相が、日ソ中立条約を一方的に破棄して参戦、北方領土（択捉、国後、色丹、歯舞）を占拠、「北海道の半分の領有」を要求、当時の米国のトルーマン大統領がこれを拒否したことを思い出す。プーチンはスターリンの信奉者といわれる。アイヌはロシアの先住民だそうだ。

隣国北朝鮮の総書記・金正恩（三十九歳）は、祖父の金日成以来念願の朝鮮半島統一をめざし、国連安保理決議違反の各種ミサイルの発射実験を繰り返し、核兵器を保有、開発も鋭意継続中である。昭和二十五年の朝鮮戦争では、北朝鮮軍が一時博多の目と鼻の先である釜山まで南下、終戦後五年にして、ああまた疎開かと嘆じた記憶がある。

このような周辺諸国の動きは従来からのもので特別新しいものではないが、プーチンロシアのウクライナ侵攻を契機に、ロシア・中国・北朝鮮の関係がかつての米ソ冷戦時代を思わせる親密な関係を彷彿とさせている。

日本国憲法第九条を読み直してみた。改めてわが国の平和と安全が日米安全保障条約によって担保されていることに気付く。ただ、米国は世論の国、来年の大統領選挙の結果が注目される。トランプ米前大統領は「アメリカ・ファースト」。かつて非公式ながら米国の負担が多過ぎるとして「NATOから離脱したい」と語ったことがある（令和元年一月・時事通信社）。それにしても昔、私の学生時代、同条約反対デモをやっておったことが恥ずかしい。

最近しきりに畏友故佐久間一(まこと)君のことが思い出される。同君が、開校早々の保安大学校（後の防衛大学校）に進学したと聞いて、彼を知るかつての級友は皆一様に驚いたことを覚えている。昭和二十五年に勃発した朝鮮戦争を機に、マッカーサーの指令で「警察予備隊」（後の自衛隊）が発足。その戦時下で保安大学は昭和二十八年に開校している。

私たち級友が驚いたのも無理はない。敗戦ショックと平和憲法の施行で国民の間には反軍思潮が満ちており、「自衛隊は税金泥棒」とか「防衛大生は若い日本人の恥辱」（大江健三郎）とか言われた時代だった。級友が驚いたのには今一つ理由がある。新制中学時代の彼は、成績優秀ながら背は私より低く、色白でポッチャリしていた。だから、「あの佐久間君が」とみな思ったものである。後年彼と再会してびっくり。体格はガッシリと逞しく、肌色は日焼けして顔つきもゴッツクなっていることに感動した。

佐久間君との出会いは、昭和二十年・終戦の年、疎開先の綾国民学校五年生の時であった。

綾は母上の実家の縁でとのことで、ちなみに父上は現役の海軍大佐で延岡の人。なお、佐久間家には明治二十七年、延岡の高等小学校に入るため、十二歳で東郷町の坪谷から延岡に出てきた若山牧水が初めて下宿したといわれる。牧水はその後、新設の旧制県立延岡中学第一回卒業生となり、早稲田大学文科に進学している（『牧水の生涯』塩月儀市）。

私の場合、綾への疎開は昭和二十年四月以降宮崎の空襲が日常化する中、縁を伝い六月のこと。宮崎の一ッ葉沖の米艦からの艦砲射撃射程外ということであった。その後、綾も射程内といわれて困ったことを覚えている。戦後、米軍の宮崎沿岸上陸「オリンピック作戦」の存在を知る。

保阪正康の『本土決戦幻想』（毎日新聞社）によると、昭和二十年四月、沖縄本島に上陸した米軍は六月末これを制圧、次いで米軍が計画していたのが昭和二十年十一月一日実施予定の南九州上陸作戦・オリンピック作戦といわれるもの。上陸地点は、「宮崎沿岸」「志布志湾沿岸」そして鹿児島西部の「吹上浜」であった。なお、関東侵攻は九州制圧後、翌年「コロネット作戦」が予定されていた

（閑話休題）

佐久間君とは戦後、新制宮崎中学校でまたクラスメートになった。彼はその後、父上の仕事の都合で転々とし、県立延岡高校にも在籍、保安大学受験時は大阪の府立高校だった。

彼の事績は読売新聞社の「時代の証言者」シリーズ・ロングインタビューの「国の守り――自衛隊とともに歩んだ民主国家の防人」（平成十八年）に詳しい。

私は昭和三十三年旭化成に入社、どういうわけか延岡勤めが長く昭和六十年に上京した。佐久間君は順調にキャリアを積み、平成元年、防衛大一期生初の海上幕僚長に就任。早々の佐久間君から電話をもらった。当時全国防衛協会連合会の会長だった故宮崎輝旭化成会長には大変お世話になっていると話していた。湾岸戦争後の平成三年には、自衛隊初の海外勤務となったペルシャ湾への掃海艇派遣を指揮している。次いで同年七月、自衛隊の陸、海、空三軍を統べる第十九代統合幕領会議議長に就任。今度は私の大学、会社の後輩だった故米沢隆民社党委員長に挨拶したいとの依頼で引き合わせたことがある。

旧陸軍士官学校出身で、延岡の内藤家顕彰会会長の大崎清さんによると、一氏の統合幕僚会議議長は昔なら海軍大将・元帥にも相当するとのこと。明治以来陸軍大将が一四三人、海軍大将が七七人誕生したが、宮崎県内からは、都城の上原勇作陸軍元帥と財部彪（たけし）海軍大将の二人だけだそうだ。さりながら、私は海軍中将ながら、最後の連合艦隊司令長官だった小沢治一郎を付記しておきたい。長官は高鍋町出身で旧制宮崎中学校を中退している。

延岡の佐久間家の事情に詳しい大崎清さんの調べでは、佐久間家は元々織田信長に仕え、本能寺の変以降浪人となり、数代を経て磐城の内藤家に仕官、内藤家の移封に従って延岡に来たとのこと。

なお、一君の父上の良也氏は幼くして延岡近郷から佐久間家に養子入りをしており、この人は旧制延岡中学で抜群の成績で、トップで卒業後海軍兵学校に合格入校した。やがて卒業して海軍士官となる。その良也さんの長男が一君であった。佐久間君がどうして自衛官の道を選択したのか、何度も聞いてみたが、彼はにっこり笑うだけだった。察するに「父上の背中」であったことは間違いないとして、前記の本には控えめに次のように書かれている。

「こうした激変する時代だからこそ、変わらないものは何だろうか。保安大学校を選んだのは、そんな思いの延長線だったのかもしれません」

平成五年、退官した彼とはよく電話で時局談義をするようになったが、顧問業などで何かと多忙で平成十一年、私が会社を退任、帰郷するまで会う機会はほとんどなかった。

私の帰郷の際、綾以来の共通の友人だった故吉村重信君共々、有楽町で一席送別の宴をもってくれた。彼は質実剛健ながら柔軟な思考をする人で人情に厚く、部下からも慕われていたと聞く。この日は珍しく饒舌で談論風発。今でも印象に残っているのは、「皇太子の徳仁（なるひと）親王殿下は極めて優秀な御方だ」と言っていたことを思い出す。最後は防衛庁ご用達のバーまで案内してくれたことは忘れがたい貴重な思い出となった。

中学校の秋の同窓会には彼を必ず誘ったが、時局柄相変わらず多忙で、一度も出席が叶わず心残りとなった。彼は「家内と一緒に綾、延岡、高千穂を訪れたい」といつも言っていたので、「とにかく、都合のいい時に来宮すれば、みんなを集めるから」と促していたところ、平成二十六年七月十八日急逝した。三年前心臓の手術をしていたとのこと。享年七十九、あの人懐こい笑顔が偲ばれる。後日、和子夫人には、電話で故郷への彼の思いをお伝えした。

前記の本に書かれた、平成五年の退官日、佐久間統合幕領会議議長の言葉です。

「自衛隊の任務の高さ、尊さはわれわれを無視しあるいは非難する人々を含めたすべての日本人の平和と安全を守るということにある。（中略）常に問題意識、イニシャチブをもってあらゆる問題に対応しうる周到な準備と心構えを持ち続けていただきたい」

良識ある国士が一人いなくなり、未だに残念でならない。　合掌

《参考資料》

各国が保有する核弾頭の総数（発）

（ストックホルム国際平和研究所・令和五年）

米国	五二四四
ロシア	五八八九
英国	二二五

フランス　　二九〇
中国　　四一〇
インド　　一六四
パキスタン　　一七〇
北朝鮮　　三〇
イスラエル　　九〇

谷口二郎

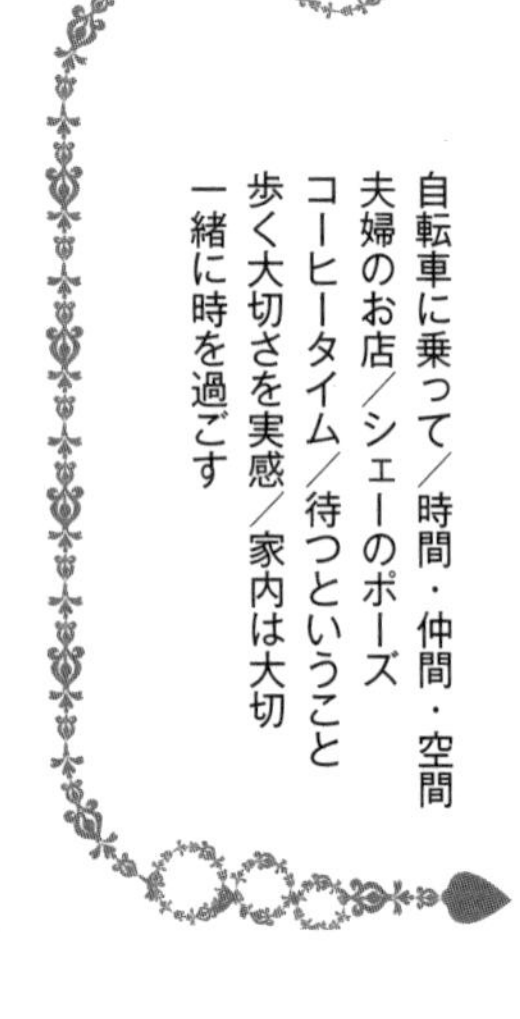
自転車に乗って／時間・仲間・空間
夫婦のお店／シェーのポーズ
コーヒータイム／待つということ
歩く大切さを実感／家内は大切
一緒に時を過ごす

自転車に乗って

新車の自転車が九千八百円、但し二十台限りというチラシが新聞に入っていたので、遠かったのですが、わざわざその店まで出かけました。もう何人も並んでいました。新車が九千八百円で手に入るのは嬉しい限りです。さて開店時間になり一人ずつ新しい自転車を手に入れて嬉しそうです。私もその列に並びながら、手に入れたらどこへ行こうかと胸がときめいていました。列はどんどん短くなってきてもうすぐ自分の番です。ごくりと唾を飲み込んでその瞬間を待っていました。

すると係員が突然目の前に現れ、「ここまでで二十台です。これ以上後ろの人は残念ながら次の機会にお願いします」と言います。何と私の前の人までが二十台で、私が二十一人目だったのです。ワクワクした心がパンクしたタイヤみたいにペシャンコになり、がっかりしてトボトボと帰りました。人生にはこんなについていない日もあります。

時間・仲間・空間

二〇二二年のベストセラーが発表されました。それによると一位は『80歳の壁』で五十七万五千部も売れたそうです。八位には『70歳が老化の分かれ道』という本が入っています。ベスト10に高齢者向けの本が二冊も入っています。その他にも『九十歳。何がめでたい』『89歳、ひとり暮らし。お金がなくても幸せな日々の作りかた』という本も出版され売れているといいます。いずれも高齢者がターゲットなのですが、おもしろいことに、具体的な年齢が入っているのがミソだといいます。確かに具体的な年齢を書かれると、現在の今の自分の年齢を考えます。

本を読んでみると共通点があります。それは人間には三つの間、仲間・時間・空間が大切だということです。つまり仲間を作って、時間を作って、余裕ある生活が必要ということなのでしょう。確かに、したたかに生きている人はそういう人が多い気がします。

夫婦のお店

私の身の回りで夫婦だけで店をやっている所は結構多く、例えばいつも利用している理髪店さんは、夫婦で店をされて四十年近くになります。お互いの息が合っているので、店に入った途端夫婦のどちらかが散髪の担当になるか決めてあります。小一時間して髪がさっぱりしてお金を払おうとすると、夫婦のどちらかがお釣りを用意して待ってくれていて、実に連携が良いのです。

よく行くカクテルバーも五十年以上も夫婦だけでされています。十人も入ればいっぱいの店内はいつも満席です。飲み物をオーダーすると、マスターが実に器用な手つきでシェイカーを振ります。注がれたカクテルは計算されたようにぴったりとグラスに収まります。奥さんはもっぱらおつまみ係です。この夫婦の動きを見ているとカクテルとつまみの出るタイミングが実に良いのです。それはカクテルができる頃になると、マスターが奥さんに目配せをするからなのです。

仲むつまじく働いている夫婦を見ていると、どうしたら二十四時間一緒で、こんなふうに仲良くなれるのかいつも羨ましく思いながら店を出ます。我々夫婦もこのような店から学ばなくてはいけないと思うのですが、なかなか難しいものです。

シェーのポーズ

約六十年前の中学時代、学校帰りに同級生の家へ入り浸りになりました。というのもその家にはたくさんの漫画本があり、自由に読むことができたからです。いろいろな漫画があった中で圧倒的に面白かったのは〝おそ松くん〟という漫画です。五つ子たちがいろいろな騒動を起こすという漫画です。その中に〝イヤミ〟という中年男がいて、何かある度に「シェー」と驚きながら飛び上がります。これが当時大流行りで、何か起こると皆でシェー！のポーズをするのです。だから当時の写真を見ると、皆がポーズを取る度に必ずシェーのポーズをしています。

今でも時々同級生と話していると、つい「シェー」のポーズが出ることがあります。当時と違うのは、そのポーズを取った瞬間肩の筋肉が攣ってしまうことです。だからうかつに「シェー」のポーズができないのが残念です。

コーヒータイム

毎朝コーヒーを飲みます。それが一日の始まりとなります。毎朝飲むコーヒーには拘りがあります。それは炭焼きコーヒーです。きっかけはエジプトに行った際に飲んだ炭火焼きコーヒーに一目惚れしたのです。その中でもいくつかの銘柄があるのですが、私の好きな銘柄は決まっています。先日それを買いに行った際に、その銘柄の名前がどうしても出てきません。うろ覚えで「マハラジャください」と言ったら「そんなのはありません」「いやー、えっとブラジャーください」「そんなのは絶対に置いてありません」そりゃそうです！

コーヒー屋さんなんかにある訳がありません。お店の人が「いつも買われる『トラジャ』じゃないですか?」「そうそうトラジャでした」顔から火が出るくらい恥ずかしくてお金を払うと逃げるように店を出ました。それにしてもトラジャ旨いですよ。仕事やる気満々になります。

待つということ

五十年前、まだ私が学生だった頃、彼女とデートの約束をしました。場所は東京の西武池袋線の池袋駅の出口。西武デパートがある所です。しかし約束の時間になっても現れません。三十分、一時間経っても現れないのです。どうしたのだろう。約束を忘れてしまったのかなあ。それとも何かあったのだろうかとやきもきしながらイライラして待っていました。

当時は駅の出口の所には黒板で作られた伝言板があり、そこにチョークで伝言を書き込めるようになっていました。あまりにも彼女が来ないので、そこに書き込もうと一歩踏み出した瞬間、彼女を見つけました。何と彼女は私の立っていた建物の柱の反対側でずっと待っていたというのです。つまり一メートル幅くらいの柱の裏表でずっと二時間もお互いに待っていたということになります。その相手が今の家内です。もしそこですれ違っていたら、別の人と結婚していたかもしれないのです。まあ人間の出会いとは何が起こるのか分かりません。

歩く大切さを実感

足がだるくてフラフラするので、かかりつけのクリニックを受診しました。すると足を見て「足が前と比べると細くなっているね。しかも足の筋肉のヒラメ筋がかなり薄くなっている」と言わました。考えてみるとコロナ禍で出かける回数が減りました。今まで買い物や集まり、飲食で外に出かけていたのに、あまり出かけなくなったのです。

歩数計で毎日歩数を計っているのですが、一万歩を超える日はありませんでした。そこで歩くことにしました。エレベーターもなるべく利用せず階段で登ります。始めた一日目は筋肉痛があり、ちょっとしんどかったのですが、何日かするとそれも慣れてきました。コロナ禍になり三年以上になります。知らず知らずに出不精になり外出していなかったことを反省しています。やはり「きょういく」「きょうよう」、つまり「今日行く」「今日用がある」というのは、人間が生きる上で大切なことです。これからはできるだけ歩くことを心がけたいものです。

家内は大切

いや〜寒い日が続きます。寒さに弱い私はいろいろな工夫が必要です。その一つが起きてすぐ使い捨てカイロを貼ることです。貼る場所は背中の首から十センチメートルくらい下の所です。その部分には動脈が通っているので、ここが温まると体全体が温かくなってきます。

ところがこれをするには一つ困ったことがあります。それは自分一人では貼れないということです。そこで家内の出番となります。使い捨てカイロを持っていき、袋を破り家内に手渡します。そうすると準備ＯＫです。機嫌が良い時は良いのですが、夫婦喧嘩をした後は土下座してお願いします。家内も慣れたもので貼ってくれた後に剝げないようにポンポンと背中を叩いてくれます。

そしてその後、必ず一言いいます。「あなたって本当に寒がりやね。私がいなくなったら誰も貼ってくれないのよ。分かっているわね」。

「はいはい、重々承知しております。貴女がいなければ私は生きていけません。だからどうぞ長生きしてください」と心の中で呟きます。

一緒に時を過ごす

昨年の台風十四号で倒れたのでしょう。近くの公園に行った際、切り倒された杉の木が横たわっていました。切り倒されたばかりで、切り口には綺麗な年輪が見えます。それを数えてみると七十あります。きっと七十年前に植えられてスクスクと育っていたのでしょう。「七十年間も頑張ったねぇ」と声をかけた時ふと気が付きました。七十年前といえばちょうど私が生まれた頃です。同じくらいの年月をお互いに過ごしてきたのです。そう考えると何か他人事とは思えなくなりました。人生百年時代と言われて久しいですね。そう考えると七十年という年月は、山登りでいうと七合目ということになります。

この木はこのような出来事を私と同じ時期に、この場所でひそかに知っていたのかもしれません。しかし残念ながら、この木は七十年という年月で一生を終えてしまいました。はたしてこの続きを生きている私は、今からいつまで色々なことを体験していくのでしょうか。この木のお陰で、私の一生を考えたひとときでした。

戸田淳子

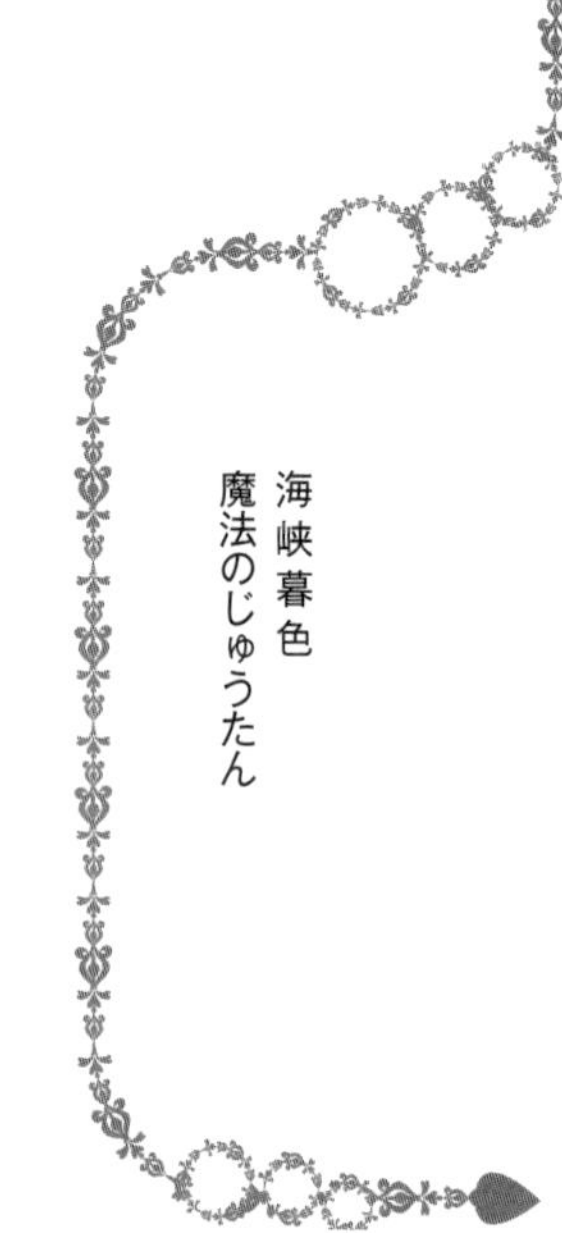

海峡暮色

♪上野発の夜行列車　おりた時から
青森駅は雪の中～
で始まる「津軽海峡冬景色」（作詞：阿久悠　作曲・三木たかし）の歌が流れるたびに、いつの日か雪の青森駅に降り立ってみたいと思っていた。

♪北へ帰る人の群れは　誰も無口で

海鳴りだけをきいている～

と歌は続く。

この青森駅に着いたのは五月中旬の夕暮れであった。辺りには人影もなく小さな駅舎は静かに佇んでいた。

この歌が大ヒットしたのは昭和五十一年だというからもう四十七年も前のこと。韻を踏んだ軽快なメロディーに乗せた阿久悠さんの歌詞が素晴らしい。

さらに石川さゆりさんの歌唱力は、辛い境遇に負けない北の女の逞しさを表現してこの歌を悲しくしていない。

長い間熱望していた青森駅行きが叶ったのは数年前のことである。千葉県在住の友人夫妻に誘われて実現した。この友人夫妻のご主人は亡き夫と勤務先が同じで親友であった。夫が元気な頃は何回か四人で旅行をしたが、夫が亡くなって、もう二十年近くにもなるのに昔と少しも変わらぬ友情でいつも旅に誘ってくださる。

東北新幹線の盛岡駅からご主人の運転するレンタカーで秋田県を経由して青森入りした。

初めて見る青森駅は雪こそ無かったが真冬の駅舎を想像するのに十分な景色であった。新幹線もあるはずなのに駅周辺のこの静けさはなぜだろう?と不思議に思った。

駅前の掲示板の地図で確かめたら東北新幹線の新青森駅は別の場所にある。観光客としての無責任な気持ちだけど年々豪華になってゆく全国各地の駅と違い青森駅が歌のままの静かな駅だったことにホッとした。

夜が迫ってきているし、かつて青函連絡船が出航していた埠頭は是非とも見ておきたかった。青森港は駅と地続きで徒歩二、三分。

岸壁で釣り糸を垂れている男性に「青函連絡船はこの岸壁から出ていたのですか?」と聞いたら「いや～知りません」と言う。

地元の人にあっさりと「知らない」と言われて少しがっかりしたが、青函連絡船がフェリーに取って代わったのがもう三十五年も前のことだから若い人が知らないのは当然だろう。青函連絡船では青森から函館まで約四時間かかっていたのが、三十五年前に海底トンネルが開通してからは特急列車で二時間になり今では新幹線に乗ると一時間で行けるらしい。「津軽海峡冬景色」が大ヒットした頃、北海道に渡るには青森港からの青函連絡船しかなかった。

友人夫妻と共に岸壁に立ち、だんだん暗くなってゆく津軽海峡を眺めながら、ヒット曲というのはまさに時代とセットなのだとしみじみ思った。

夕食のお店はとても良かった。予約もなしに赤ちょうちんに誘われて青森駅前の小料理屋に入る。カウンター席が五、六人分ほどの店。

「いらっしゃい」五十代とおぼしき店主の声。他にお客は誰もいなかった。奥から女性が顔を出し「いらっしゃい」と言った。

その姿を見て目を見張った。凄い美人だったのである。秋田美人というのはよく聞くが、青森美人も負けてはいない。店主と二人きりでこの小さな店を切り盛りしておられるようである。

こまごまと客の私どもに心を配っているご夫婦を見ていたら、以前テレビドラマで見た「居酒屋兆治」の高倉健と大原麗子の顔が重なり、たびたび箸を止めてはふたりの姿に見とれてしまった。

店主は寡黙であったが、おかみさんは始終にこやかで「青森新幹線が開通したせいで観光客やビジネス客はほとんど新青森駅を利用するからここはさびれるいっぽうですよ」と顔を曇らせる。

函館へのフェリーもここから少し離れた岸壁から出航しているらしい。そのせいかどうか当夜の客は私たち三人だけだったが、店主、おかみさんも加わり食べ物やお酒の話で大いに盛り上がった。

途中若い男性が入ってきて何か包みを置いていった。店主はそれを受け取りながら、こちらに向き直り「お客さんたちは良い時に来たよ、この○○蟹は今しか獲れないんだよ」と言った。

初めて訪れた青森だったが店主とおかみさんの心づくしの対応で、三人ともすっかり青森ファンになってしまった。

東北の旅を終えて宮崎の自宅に帰ってからふと、あの小料理屋で食べた蟹の名前を聞き取れなかったことを思いだし数日後、店に電話したら、店主が「あ～あれは『とげぐり蟹』だよ、美味しかったでしょう」と言った。

「とても美味しかったです」と言うとそれには答えず、「今度はいつ来る？」とポツリと言った。

「……」

予期せぬ言葉だった。

映画の中の高倉健に言われたような気持ちになり胸がどきんとした。あとの言葉が見つからず、しどろもどろになり早々に受話器を置いた。

電話を切ってから思ったが、あの佇まい、そしてあの物言い、小料理屋「大もりや」の店主はもしかすると高倉健だったのかも知れない。

いや、多分そうだ！

魔法のじゅうたん

私は過去に一度だけ魔法にかかったことがある。

魔法使いのおばあさんが私に向かって杖を一振りした訳でもなく、ほうきに乗った魔女が呪文を唱えたのでもなかった。トルコの旅の途中でいつの間にか魔法の中に迷い込んだ。

今から十五、六年ほど前にトルコの遺跡群五カ所を十日間で巡るバスツアーに参加したことがある。七月の酷暑の中、広大な遺跡を朝から夕方まで毎日歩き通しで、ツアーも後半になるとへとへとに疲れた。

旅の八日目、バスは郊外の絨毯の店に停まった。連日の暑さと長旅のせいで皆なだれるようにその店に入った。

ツアー客はバス一台で四十人くらいである。建物の中には大きなホールがあり壁に沿って椅子がコの字型にずらりと並べてあった。

やがて全員に美しいテイーカップが配られ七、八人のトルコの青年が皆に紅茶を注いで回った。とても美味しかった。たいていの人がお代わりした。私もお代わりした。

一段落したところで、青年たちがホールの中央に一枚また一枚と絨毯を広げ始めた。最初の品は五万円と言った。次々と広げながらだんだん値段は高くなり、二十万、三十万というのもあった。広げた絨毯の枚数は三～四〇枚はあったろうか？

しばらくすると青年たちは広げた絨毯を一枚一枚引き上げ始めた。お代わりの紅茶がまた回ってきたのでまた飲んだ。

すると青年たちが今度は一枚ずつ絨毯を手に持って客に近づいてきた。私の目の前に止まり「十万円！」と言った。一目見て小ぶりでいいなと一瞬思った。「アラブの商人は商売上手だから向こうの言う値段で買ったらダメよ」とどこかで聞いたことがある。そうだ値切るのだ！

「八万円だったら買うわ」と言うとたどたどしい日本語で「ウ～ン、ソレデワボスニシカラレルヨ～」と言う。私が渋っていると仲間と何やら相談し「ゲンキンナライイヨ～」と言った。商談成立だ。私はなけなしのお金を出した。定価より二万円も安く買えたと大満足だった。

青年たちは「ニホンジンダイスキネ～」と口々に言った。そして「シンセキダヨネ～」とも言った。ほかの青年たちも「シンセキ！　シンセキ！」と言いながら、「シンセキダカラシャシントロウヨ！」と五、六人の青年が集まってきた。私を真ん中にして皆でVサインをして写真を撮った。なるべく小さく畳んでもらい自分で抱えて持って帰ることにした。私の他にもあちこちで商談が成立したのか、どよめきの声が聞こえた。

大満足でバスに戻ったらトルコ人の女性のガイドさんから「いい買い物をしましたね。なんと言っても絨毯はトルコの名産品ですから」と言われて私もいい買い物をしたと充足感に満ちた体を深々とバスの座席に沈めた。

「これから最後の観光地イスタンブールに向かいます」のアナウンスと同時にバスのエンジンがかかった。と同時だった。その瞬間魔法が解けたのだ。最初にこの絨毯を「五万円！」と言って広げた時の情景が蘇った。五万円と言った品を八万円で買ってしまった。青年たちがはしゃいだ理由をその時初めて理解した。どうしてあの時気付かなかったのだろう？　でも、もうあとのまつり。バスはますますスピードを上げながら広大な原野を駆け抜けていた。

日本に帰って知人にトルコに行ったと話したら「騙されなかった？　日本人はすぐに騙されるからね」と言う。

「私は騙されなかったわ！　ちょっとだけ魔法にはかかった気がしたけど……」と得意になってことの顛末を話したら、「何言ってるの！　完全に騙されたのよ」と一蹴された。

中武寛

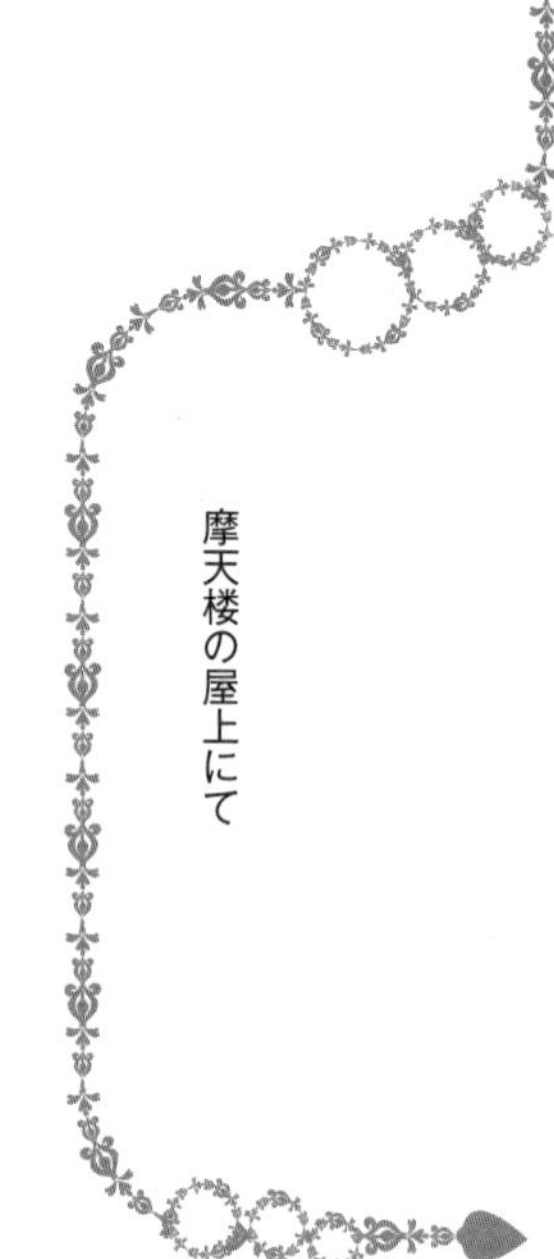

摩天楼の屋上にて

――この歳になると、親しい人の名前さえ思い出せないことが多い。コロナ禍で、マスク着用が日常になってからが特に酷い。

「久しぶりですね」と、声を掛けられても「どなたですか?」とも聞けず、無難な話題に逃げ込み、話の辻褄を合わせている。

事ほど左様に、記憶力は日に日に衰えていく一方だ。幸い、長期記憶は辛うじて保っている。なかでも、エピソード記憶は、昨日のことのように蘇るのである。

暑い夏が来る度に、記憶の片隅からふたつの出来事が頭を擡げる。

一、惜別の歌

太平洋戦争終戦記念日が近付くと、昭和十八年一月二十一日文部省主催で開かれた、出陣学徒壮行会の映像を、テレビ各社は挙げて映し出す。

明治神宮外苑競技場には、東京大学を先頭に、七七校の学生二五、〇〇〇人が校旗を掲げ、秋雨にぬかるむトラックを、隊列を組んで行進する若者がいる。

壇上では、一際甲高い声の東条英機首相が「青年学徒諸君、必勝の信念を持って護国の重責を全うし……」と呼びかけ、「生還を期せず……」と、学徒代表が決死の答辞を読み、スタンドには、出陣学徒とほぼ同数の女学生が、雨に濡れながら笑顔で見守る。

彼女らの頬を伝うのは、雨に薄まった涙ではないのか。私の涙腺は一層緩む。

居間のテレビに映る彼らを見ていると、中央大学卒業式の最後に演奏された、あの〃惜別の歌〃が時間を巻き戻して聞こえてきた。

この歌は、現在の中央大学法学部学生・藤江英輔氏が、召集令状により戦地に赴く学友に対し、惜別の情を込めて島崎藤村の〝若菜集・高楼〟に曲を付けたものである。

藤村の詩にある「わが『姉』よ」を「わが『友』よ」と態と置き換えている。

私は、「〽悲しむなかれ我が友よ　旅の衣をととのえよ」（作詞：島崎藤村「惜別のうた」一九四四）の一節を聞くたびに、激しい胸の鼓動を感じる。彼は、戦地に赴く学友に対して「襟を正し、心に覚悟を決めよ」、続けて「必ず生きて帰って来いよ」と、見送ったにちがいない。私は、そう思えてならない。

出陣学徒壮行会が開かれて僅か二年の後、人類が初めて経験する原子爆弾が広島・長崎の夏空に炸裂し、地上は灼熱の地獄に変わった。そして、この国は戦争に敗れた。

二、置き土産

今になれば、語れる話だが……。特別土地保有税の導入に伴い、外国税制について実態調査のため、自治省主催の視察研修団に参加したときのことである。三十年以上が経っているので、まさにエピソード記憶に頼るほかはない。

地方公共団体税務担当職員（管理職）四十名余の調査団一行は、開港したばかりの成田国際空港から旅立った。真夏の蒸し暑い夕暮れ時だった。

隣の席には、肘掛けから下腹部がはみ出た外国人が座った。その分、私が利用可能な座席の面積は狭くなる。通路側に身を寄せたが、甚だ窮屈である。仕方なく、忍耐に耐え、孤独を覚悟した。

間もなく夕食が来た。私は、迷わず牛肉弁当を頼んだ。ビールかワインが飲めるという。初めて飲むバドワイザーを頼んだ。ほろ酔い機嫌になり眠ってしまい、その後の十時間余りの記憶はほとんど消えている。

ニューアーク国際空港に着くと、黒毛のシャーマンシェパードを連れ、映画でダーティハリーが使うマグナム44と同じ型の銃を腰に携えた警備員が回ってきた。二メートルは優に超える体軀と、異様な雰囲気に度肝を抜かれた。威圧感とともに、いい知れぬ劣等感に襲われもした。入国ゲートを擦り抜けるのに、長い時間を要したのを今でも憶えている。

ニューヨーク・エンパイヤーステートビルの屋上で〈私だけの事件〉が起こった。摩天楼屋上で急に尿意を催したのである。役割を終えたばかりの液体は、膀胱いっぱいに溜まり、その解放を私に急かせている。

辺りを見回したら、トイレらしい一角が眼に入った。入り口には、中年の女性が人待ち顔に座っていて、近づくと黙って掌を上にして右手を差し出した。チップ——トイレ使用サービス料——の請求らしい。

一ドル札を渡すと、破顔一笑。一瞬にして、仏頂面は菩薩の顔へとコロッと変わった。彼女は、我が国では考えられないくらい固い紙を手に、空いたトイレまで案内してくれた。

個室のトイレといえば、私には閉め切った狭い密室しか思いつかない。ところが、扉の足元が隙間になっていて、膝下は外から丸見えなのである。プライバシーへの配慮と防犯を兼ね備えた妥協の産物かと思ってはみたものの、果たして出すべき物が出るか、気が気ではなかった。

件の硬い紙で、便座を繰り返し、繰り返し丁寧に拭き、徐に腰を下ろした。座り心地はお世辞にも快適とはいえない代物だ。


老廃物を放出すべく私の液体は、狭い水路を通って、相当高い水圧を保ったまま、我ながら驚くほどの勢いで放水した。暫しの間、摩天楼の屋上にて、得も言えない満足感を精いっぱい味わったのである。

最初の小さい方の用を足した後、暫く脱力感に浸っていると、大きい方の用も足したくなった。既に用を終えた「小」の排出水路と「大」の排出経路が接近しているため、互いに刺激し合い、ふたつの生理現象は相関関係にある、ということなのだろう。

　私の身体から切り離された固体は、エンパイヤーステートビルの屋上から三七〇メートル余りの地上目がけて落ちていく。そこは、ニューヨーク・マンハッタン島の中心市街地。

　私の分身であった固体は、身体から分離するや否や、目的を持った物体となって人種の坩堝の街に、彼らと一緒に落下していった。途中で他者と融合されるならば、それはそれで良い。暫くして、下腹部の緊張が解き放され充実感が染み渡った。


　日本国民は、原子爆弾の洗礼を受けた地球上最初の人類になった。真夏の空に閃光が走り、爆風が無垢の幼子と無辜の民を襲ったのである。街は一瞬にして焦土と化し、町並みは、死屍累々とした原子野（げんしや）に変わった。

　同胞の私は、彼の国を代表する摩天楼の屋上に居る。〝置き土産〟代わりに何かを残しておこうという、悪戯心が突然沸いた。

　広島の原子爆弾はウラン型、コードネームは〝リトルボーイ〟。長崎に投下されたのはプルトニューム型、コードネームは〝ファットマン〟。投下した国民にはユーモアに映るだろうが、被爆国民にとっては、〝ちび〟とか〝太っちょ〟と、笑って見過ごす気にはなれない。

　それに比べて、私が落とした物体は人畜無害なバナナ型。コードネームは、その形状から

〝バナナくん〟と命名した。

バナナくんは、古くは農作物の肥料に使われ、再び野菜類となって製造者の元に戻ってくる、という「循環型」だ。

今でも、下水処理の過程で生じる汚泥は、建築資材などに加工して再利用されるほか、農地・緑地の肥料に使われ、地力増進財としてよみがえり、再び物体製造者に還元される。まさに、姿を変えた「大規模循環型」なのだ。

かつて、バナナはその色合いから、有色人種の差別用語として使われた歴史がある。今では死語となったはずだが、忘れてはならない、と、改めて思った。

第一弾の投下は、簡単に成功した。第二弾は、少々時間は掛かったものの、外肛門括約筋に神経を集中した結果、ついに成就した。

これで、彼の国が落とした原子爆弾と同じ数の物体をマンハッタン島の中心地目がけて投下したのだから、一応、借りは返したことになる。目の前に鏡があれば、ほくそ笑む中年男の顔が映っただろう。

同時に、これまでにない解放感と、民族の違いを超えた一体感を味わった。何とも奇妙な経験として、頭の片隅に留まっている。

今にして思えば、公務出張中にエンパイヤーステートビルの屋上で経験した、尾籠な行為を公開するには、些か気が引けたが、思い切って記憶のアルバムを開くこととした。

――春の終わりに「腹腔鏡下・鼠径ヘルニア根治術」を受け、三日間入院した。幸い、梅雨明けには血腫も消え、執刀医から無罪放免が言い渡され、平均的後期高齢者の身体を取り戻し、一先ず〈安堵〉した。

世界はいま、物情騒然状態。大国が力によって隣国の侵略を〈原因〉として、世界の安全保障や経済活動など国際秩序の危機という〈結果〉を招いた。〈憤怒〉の情が滾る。第二次世界大戦を通じて、我々が念願した『平和を愛する諸国民の公正と信義に信頼』――日本国憲法前文――は、最早、空文化。比類無きこの崇高な宣言は、〈断念〉するほかないのか。「永遠平和は、ただ人類の大なる墓場の上にのみ建設されることになろう（註）」。それでもなお、自由と人権の保障を求める戦いに臆してはならない。葛藤の中に〈希望〉は残る。

（註）イマヌエル・カント著　高坂正顕訳『永遠平和の為に』（昭和四十七年・岩波書店）

中村　薫

忘れもの

「んー、ぷふゅぅ！」

汗をかいた後のビールはいつ飲んでも美味い。冷たいビールが喉を通り過ぎるときの感覚はなんとも表現しがたいものだ。

ここは旅先のホテルのフロアー。一人気ままに旅先の街を一日歩き回り、ホテルに到着すると、歓迎の飲料サービスがあるというので迷わずビールを手にしたのだった。吹き抜けのフロアーは広々としている。新型コロナウイルス感染対策も一段落したせいか、海外からの客が多く、思い思いにソファにくつろいでいた。

ビールが五臓六腑に滲みわたり、適度な疲労と安堵感が「なんとなく幸せ」に変わった頃、まだ部屋に落ち着いていないことに気がつき、ようやく荷物を抱えて歩き始めた。

フロアーの壁際の通路を階段に向かっていると、通路横のテーブルに数人の白人がたむろしていた。手が動いているので、覗いてみるとコーヒーミルの手回しハンドルをごりごり、ごりごり、と回して珈琲豆を挽いているのだ。テーブルには、いくつかの銘柄の珈琲豆の缶やペーパードリップのためのフィルター、ドリッパー、ケトルなど一式揃えてあり、冷蔵庫のような四角い白の箱は保温器らしく、「カップを温めています」と張り紙がしてある。

一般に、ホテルのロビーやレストランで珈琲がセルフサービスされる場合は、珈琲が入ったサーバーが保温器に置かれて、「ご自由にお楽しみください」としているものだ。手軽に珈琲を飲むことができるが、自分好みの珈琲の選択肢はない。このホテルは、自分好みの珈琲と、それをいれる手間と時間を楽しませているのだ。旅に出ているからこそ、その楽しみを気づいてもらおうということなのだろう。こんなサービスもあるんだなあ、と面白く感じた。緑茶でもこんなサービスがあると外国人ウケするかもしれない。

この旅に出かける前、押入れを片付けていたらレコードプレイヤーが出てきた。不具合があり、修理せずにそのまま押し込んでいたのだ。試して駄目なら断捨離するのもいいかと、アンプに繋いでみると動くのでそのまま使うことにした。学生の頃まではレコードの時代であったので、それなりにレコードは持っている。小学館の学習雑誌付録だった「じゃんけんケンちゃん」や「ニャロメ」のソノシート、物語付きの「少年忍者サスケ」、井上陽水やキャンディーズ、ビートルズ、JAZZまで。久しぶりに甦るレコードが懐かしく、時々はレコードをかけるようになった。

当たり前だが、レコード盤にはA面とB面があり、A面が終わると盤をひっくり返さねばならない。同じ曲をもう一度聴くにもプレイヤーまで行って作業をする必要があるのだ。思えば、レコードの頃はもっと音に向き合って聴いていたような気がする。今が横着しているとは思わないが、CDに変わってから音楽との向き合い方も変わったのだろう。

レコードプレイヤーの再登板と珈琲の旅は私をちょっと変えた。

仕事の資料へのメモ書きや付箋に、乱雑な字や誤字の存在に気づいたので、とりあえずは丁寧に手間と時間をかけて字を書くよう心掛けるようにしている。流されやすいので、いつまで続けられるか、はなはだ自信がないのだが……。

日々追われる中でも手間と時間を惜しんで失っているものがあれば取り戻したいものであ

る。時々は珈琲やお茶をゆっくり入れて、レコードと楽しんでみよう。

アイロン・マスター

「あんたプロやね」

ハンガーに下がった半袖ワイシャツを見て妻がいう。扇風機の風を浴びつつ私はアイロンを動かす。休日の我が家のひとコマである。

私が昨年から事務仕事の多い職場に異動となり、ワイシャツを毎日着ることとなった。しばらくは妻がかけてくれたり私がかけたりしていたのだが、「あんたの方が上手いわあ」という妻の言葉におだてられ、なんとなく私の仕事となってしまった。その時は夏で半袖シャツの時期であり、何も考えなかったのだが、長袖の季節になって後悔してしまった。しかし、今更お願いする訳にもいかず、そのまま現在に至っている。

シャツのアイロンがけをした人にはわかるだろうが、袖が長いだけで結構手間がかかるのだ。遠距離通勤で平日に余裕が無いので、土日しかアイロンがけの時間がない。そのため、土日に用事があり、日曜の夕方に干されたままハンガーにかかっているシャツを見つけてしまった時には軽い眩暈を憶えてしまう。作業そのものは嫌いではないのだが、五日分しっかりアイロンがけするにはそれなりの時間を要するのだ。

シャツには、アイロンがけが楽になるタイプのシャツもある。少しのシワがあってもスチームアイロンで充分なので大変助かっている。襟に豚のワンポイントデザインがあるシャツはその一つで、昨年、業務の関係で斡旋されて買ったのだが、デザインも良く気に入っており、今年は半袖を注文した。そろそろ届くころで心待ちしている次第である。

アイロンがけは小学校の家庭科の授業で習い、家でも練習したのを憶えている。その頃のアイロンはコードレスでもスチームでも無く、太い電気コードがアイロン本体にくっついており、重たく、温度調節もダイアル式で曖昧だった。温まっているか、舐めた指でアイロンの腹をさっと触って確認したりしていた。

就職一年目はクリーニングに出す金がもったいなくて自分でせっせとアイロンがけをしていた。しかし、二年目からは現場に近い職場となりアイロンがけは必要ではなかった。そのため、三十五年ぶりに一生懸命アイロンがけをすることになったのである。

少しずつ精進しているつもりだが、私の技量が足りないせいか、理想が高すぎるのか、もう一つピシッと決められないのが不満だ。しばしばネット情報をチェックしたりして、効率化と技能向上に努めている。

　かくして、週末にはアイロンを捌いている私がいる。アイロン・マスターになる日も近い。

赤とんぼ

宮崎県平野部の稲刈りは夏である。温暖な気候を利用して「コシヒカリ」を三月末に植え付け、台風の襲来が少ない七月末に刈り取り、全国に先駆けて新米を消費地に届けるのである。

　稲刈り作業中の田は、黄金色した波の中をコンバインが動いているのですぐにわかる。コンバインはほとんどが赤白もしくは青白のツートンカラーのデザインをしている。赤と青はメーカーのイメージカラーによるものだが、トラクターは一色なのにコンバインはなぜか二色なのだ。

　コンバインとはコンバインハーベスタ、つまり刈り取り機と脱穀機が組み合わさった（combined）機械で、前進しながらその前部でイネを刈り取り、機械内に取り込む。中で回転するドラムが籾を脱穀し、タンクに貯め、わら（茎葉）は後部から排出する。籾でタンクがいっぱいになると、コンバインから伸びる穀粒排出筒から軽トラックに載せた大きな箱型の収穫袋に向かって籾が吐き出される。軽トラックは籾乾燥機まで籾を運び、また戻ってくる。

コンバインから袋に籾を入れて軽トラックまで田の中を運んでいた頃までは家族総出の作業であったが、穀粒排出筒の普及で今ではコンバインに乗る人、軽トラで運ぶ人、乾燥機を扱う人の三人で収穫作業は賄えるようになった。機械の能力の高度化も目覚ましいが、平野部では耕地整理による水田の大区画化が機械化、大型化を促しており、稲作は日本で最も機械化された農業分野と私は考えている。稲作を担う経営体の在り方も徐々に変化してきている。

そんな機械化された稲作であるが、天候に左右されることは変わらない。籾が濡れていると収量の減少や機械故障の原因となるため、陽が高く上り、稲穂の朝露が落ちてからでないと刈り取りは始まらないのだ。梅雨明けの最も陽射しが強い時期に、である。

コンバインの操縦席に居ると、収穫の喜びばかりでなく、太陽から、コンバインの機械から、温められた田からのさまざまな熱に身体（からだ）が包まれる。束の間の雲が陽を遮り、時折吹いてくる涼風、喉を潤す冷茶などに助けられながら夏の稲刈り作業は行われていく。

そんなコンバインでの作業だが、もうひとつ私を包む者たちが居る。赤トンボだ。コンバインが動くと田の中の虫たちが驚いて飛び跳ねるので、それを狙って赤トンボたちが集まって来る。稲刈りを始めてしばらくすると、どこから湧いてきたか、というくらいの赤トンボたちにコンバインは包まれるのだ。自分の周りに飛び回る赤トンボを見ていると、感じる暑さも何となく軽くなる。特に、陽が傾き光も空もオレンジがかった時刻には幻想的な気分になりそうなほどである。


しかし、今年は違った。

トンボは来たには来たのだが、灰白色のシオカラトンボばかりだったのだ。後に赤トンボも来たが、わずかであった。

いつもと異なる様子に戸惑っているうちに今年の稲刈りは終わった。同じく稲刈りを終えた友人にトンボのことをきいてみると、「そういえばそうやね」、とあまり興味無さ気な声が返ってきた。無事に稲刈りができたことの方が重要なので仕方のない話ではあるのだが……。

私としては気持ちが充足できなかった今年の稲刈りであった。

来年の稲刈りではまた会えるだろうか。もう一度赤トンボに包まれてみたいものである。

中村　浩

おとうと（―弟―宗生のこと）

このエッセイを書くことに、この夏朝晩、机の前に座り、原稿用紙を前にして迷っていた。黒木本家の総領だった故健司君の四十九日の法事の日、弟宗生の法事もこの声でお経を聞いたことを思いながら

「宗生、いいか？　書いて……」

「兄貴の思うとおりにしろ！　お前は何でも自分の思うとおりにやってきたんだろう！」

そして大安寺から帰宅して、決心して机の上の用紙を前にした。

平成二十（二〇〇八）年、末弟幸生が前年から入院していた医大の病室に、兄二人で見舞に出掛けた。弟の喘ぐ声が病室の外にも洩れていた。弟幸生が亡くなる三日前のことだった。

弟宗生は、痛みに喘ぐ幸男のベッドの横で、その手を握りながら、

「幸生！　楽になれ！……」

そう叫ぶように声をかけベッドにかがみこんだ。私は宗生の体をつついて話しかけるのを止めた。

帰途、私は宗生に「楽になれということは〝もう死ね！〟ということになる。家族がいる前ではまずいじゃないかと……」

「でもなあ……、あの喘えいでいる幸生を見ていると、ああしか言えんよ。しかし死ねとはまずかったな！……」

その日から三日後、末弟幸生は息を引き取って、病室から自宅に帰ってきた。その幸生の遺体の前で、弟宗生は葬儀屋の用意した線香立てに、火を点けたロングピースを二本立て、

「幸生！　ジャンジャン呑め！」

と大きな声で言いながら手を合わせていた。

幸生は入院、手術後、医師から禁煙を申し渡され、家族から煙草、ライターも取り上げら

れると、生前、通っていたスナックのママに電話して、内緒で煙草とライターを受け取っていたという。

死後、それを知った幸生の娘二人はそのスナックを探しあて、父幸生の死を告げて御礼言上に店をたずねたという。このことを私に告げた娘二人は、中年の奇麗なママさんだたと私に告げた。

それを聞いて、あの愚直としか言いようのない弟幸生が、私が誘ってもなかなか応じなかったことが理解でき、内心笑みを禁じ得なかった。次弟宗生にこのことを告げ、二人でそのスナックを訪ね、弟幸生の名でキープしていた焼酎を二人で飲んだ。幸生の兄であることを告げると、そのママは私たち二人の間に一席つくり、故人のカップを供え、幸生がここで軍歌や古い流行歌を唱っていたと思い出すように私たちに語ってくれた。

私たち一家の亡父・中村晴美は、宮崎工業を卒業した後、大林組の建築技師となり昭和七（一九三二）年、現宮崎県庁本館の建設を担当していた。その年、母と結婚して以降転勤を繰り返すなか三人の子をもうけ、昭和十四（一九三九）年、肺炎で大阪大学附属病院で死去すると、母は二十八歳で後家となり、残された七歳、四歳に生まれたばかりの乳飲み児を連れて、母のふるさとである宮崎の上新田村一丁田に帰郷した。そして亡父が残した親子四人の生活資金は、あの大戦の終結とともに、インフレと新円切り換えなどで無になり、母は朝晩田畑に出る一介の農婦となり、祖父母の土地や多少の援助はあったものの、牛馬を養い養鶏もして三人の男の子を育てた。

朝食の準備は私が受け持ち、窯に火を点け前の晩に母の用意した羽釜がのる釜戸に火を点け、味噌汁も私がつくった。母は早朝、田の畔で草を刈り、牛馬に与えてから朝食をとった。

その頃、私は妻中学（旧制）に通い、次男の宗生が小学四年生、末弟幸生が一年生ぐらいだったか。次男の宗生は早朝起きてきて、前夜仕掛けた鰻針の見廻りに暗いうちから出かけ、後に養鰻業を天職とする萌芽をみせていた。

時には、水田の水を勝手に抜いて鮒をとり、集落の水番である鎌を持った「春爺」に追われ、牛小屋の屋根裏の稲束のなかに逃げ隠れていた。夜になって仕舞のすんだ母は、水番である「春爺」の家に行き、辞を低くして何度も頭を下げ、よく言って聞かせるからと謝っていた。その春爺の家も一家の主人の長男は出征し（後に沖縄で戦死）孫になる四人の子の長男は宗生と同級生だった。夜になると弟の獲ってきたうなぎを母は丸のまま四ツ切にして甘辛く煮て、子どもらの栄養源にしてくれていた。

弟宗生は県立妻高校に進学する。入学後は水泳部に入り、学校のババ池プールや、一ツ瀬川で毎日泳ぎ、学業は疎かになっていた。そして高校二年の夏、高鍋に行く途中の梨園の監視小屋に友人三人で忍び込み、梨をもいで腹を充たし、その小屋で居眠り中に発見され高鍋警察署に引致された。

高校の担任から退校処分の見込を告げられた母は仰天し、すでに上京進学していた私に「キュウヨウアリ、スグキタクセヨ」と打電し、当時空路などはなく私は夜行列車を乗り継いで帰宅した。

私は担任だった先生たちに頭を下げて廻り、どうにか一か月の自宅謹慎処分となり母も胸をなで下ろした。

その弟宗生は高校を卒業すると「俺も兄貴みたいに進学する！」と脅すように懇願し、母は叔父たちから借金して宗生を博多の予備校に送り込んだ。

私は大学を卒業して、佐藤棟良氏の経営する大阪の洋紙販売商社に就職し、宝塚市にあった会社の独身寮で新入社員として生活していた。その秋、弟宗生は進学を諦めて予備校を退学し、私を頼って上阪してきた。会社の独身寮に共に住むことができないので、阪急園田駅の近くに六畳一間のアパートを借り、弟宗生と自炊生活をする破目となった。

会社の上司である銀行出身の専務に相談し弟宗生の就職先をお願いしたところ、銀行時代の取引先である婦人服類の下請工場に入社でき、そこで弟宗生は、婦人服類の下請仕事を学びとり、三年後その勤め先の下請会社になることを目指して岐阜市内で縫い子三人で独立した。

その年、東京支店に異動となっていた私は、名古屋支店長に抜擢され名古屋に赴任した。その名古屋支店の取引先である桑名の段ボール製造会社の倒産により、当時の金で八千万円の不渡手形を受け取っていた。この不渡手形の受領、そしてその処理を取引先である桑名の段ボール工場を再建することで回収すべく、取引銀行の指導のもと日夜、奮闘していた。その中で私は私の生涯の畏友となる支店次長の日浦寛（ゆたか）君（平成十三〈二〇〇一〉年死去）と出会えた。不渡手形の処理は本社の専務にお願いし、私たち二人（日浦次長と）は、工場の再稼働を目指して、若い工員たちとその会社の独身寮に住み込んだ。そして数か月後、製造機のスイッチを入れて製品ができた時、私は初めて仕事をした！という感慨に浸った。


弟宗生は、折柄の繊維不況のなかで、岐阜市での仕事を整理し、母の店を手伝うことを名目にして帰郷し、母や叔父たちの勧めで結婚を準備していた。

昭和三十九（一九六四）年、新らたに再発足させた段ボール工場に安堵していた私に佐藤社長は十月突然、当時宮崎に建設していた**ホテルフェニックス**に出向担当することを命じてきた。家族三人は名古屋に残したまま宮崎に赴任した私は、弟宗生と再び会した。弟宗生は、当時着目されつつあった養鰻業に注目し日夜勉強していた。

池にする土地があるわけではない。その土地を買収する資金は、自分で銀行と交渉するしかない。池に必要な水は買った土地に井戸を掘り採水するしかない。そして養鰻に必要な知識も自分が学び取るしかない。あるのは、その土地に根づいて生きてきた祖父母や母みどりの子どもであるという縁（えにし）があるだけである。弟宗生は徒手空拳でその未知の世界に飛び込もうとしていた。先進地の養鰻業の池に住み込んで養鰻を学んだ。結婚した女性も池づくりに、泥だらけになって従業員と共に鍬をふるった。

あの戦後と言われた時代は、まさに「開拓」の時代で、開拓の成功者は自分の目指したものに全身を打ち込んでいた。

時流にも乗り養鰻に成功した弟宗生は家業を会社組織にして、すでに会社勤めをしていた息子二人を呼び戻し家業を息子に譲り、会長、相談役として引退し、弟幸生と同じ癌に侵され療養ののち、令和三（二〇二一）年十一月自分の家族に見守られて八十五歳の波乱の人生を満足して閉じた。合掌。

野田一穂

震えた話をしようと思う——恐怖
震えた話をしようと思う——感動
震えた話をしようと思う——発見

震えた話をしようと思う——恐怖

私は怖い話が苦手だ。五十余りある語りのレパートリーのうち十数話は長短のホラーストーリーで、本棚の約三段を古今東西の恐怖物語が占めるが、怖い話は苦手だ。

わんぱくが過ぎる小学校高学年のおはなし会で先生が笑いながら「一つ震え上がらせてやってください」とよくリクエストを受けるが、怖い話は苦手だ。怖がりなので、怖い話を自分だけ知っていると怖い目に遭いそうなので、仲間というか道連れを増やそうと片端から見聞きした話を披露して今に至っている。

悪あがきが過ぎて、とうとう「怖い朗読会」というのも、元医師会病院で現在コミュニティセンターになっている施設で毎年お盆前に開催していた。この施設は夜一人で残業していると、人がいないはずの階で足音が聞こえたり、暗い廊下の端に人影が見えたりするという噂がある。おあつらえ向きに会のたびに何か不可思議なことが起きる。終わった後の記念撮影で何度やってもカメラのシャッターが降りず、あきらめて帰宅後確認したらちゃんとシャッターが降りたとか。舞台に立てた氷柱に子どもの顔が浮かんでいたとか。夢か現（うつつ）か極めてあいまいなところの出来事が会の趣旨にあっている。怖さというのは「間（あわい）」にあるからだ。

　毎年年が明けると、もう助走は始まっている。片端から怖い話の本を集め、条件にあった作品を探す。コンセプトは「冷たい指がそっと背筋をたどるような上質な恐怖」なので、基本的に文学作品から選ぶ。スプラッターは品格を欠くので却下。時間は十分から十五分。これがなかなか難しい。エッジの効いた超短編か、すそ野をひろげて世界観ごと聞き手を異界に誘い込む長編かにしか、求める怖さが見つからないからだ。怖い本に埋もれて思案し続けていると、一体何が怖くて何が怖くないのかわからなくなる。

　ある年の一月、私は宮崎のＴＳＵＴＡＹＡ書店の新刊コーナーを物色していた。その本を見た途端、私の頭の中で警報が鳴った。手に取ってはいけない、絶対後で後悔する。けれども、怖い本と遭遇した時の一番の恐怖は、読んでおかないと後で怖くなるかもという極めて背理的な不安だ。何かに引かれるように私は本を読み始めた。あまりに怖くて、読みさすのが恐ろしく、とうとう最後まで読み切ってしまった。もちろん買わない。夕暮れ時に、うっかり自室の書棚に置いたこの本と目が合ったらと思うとぞっとする。逃げるように帰った。

半年後、私は万策尽きていた。「怖い朗読会」の柱になる演目が見つからない。あの本しかない。薄々そう思いながらも二の足を踏んでいたが、これはもう手にいれねばなるまい。行きつけの書店に注文する——版元品切れ。ネット書店——在庫なし。こうなったら一店一店当たるしかない。延岡、日向と絨毯爆撃的に電話で問い合わせる。どこも在庫がない。最後に半年前にあの本と出合ったＴＳＵＴＡＹＡに電話する。新刊コーナーに並んでいたのだ。もうあるはずがない。「一冊あります」と返事があった。私はぞっとして表紙を思い浮かべた。

——お前、待っていたんだね。

震えた話をしようと思う——感動

もう二十年近く前のこと。私は図書館主催のイベント会場にいた。参加する子どもたちの手助けをするためだった。読み聞かせボランティアをしているので、図書館にはとてもお世話になっている。また待遇はとても悪いのにかかわらず、高い専門性と不屈のモチベーションを持って仕事をしている司書さんたちをリスペクトしていたので、何かあればお手伝いしたいといつも思っていた。

子どもたちにも実際に読んでみてもらおう、というコーナーだった。テーブルには何冊か絵本が用意されていた。一人の男の子が目についた。人の輪からちょっと離れたところに立って、のぞきこむようにテーブルの本を見ている。我先に手をのばす子どもたちの中に入っていこうとしない。いや、いけないのだ。

そばに寄って、「どれか読みたい本がある？」と聞いた。「うん」肯定とも否定とも取れない返事をしてうつむく。でもその体からは拒否の感情は伝わってこない。日頃保育園や小学校で読み聞かせをしているので、子どもの「本気の嫌」だけは、何となく感じられるようになっていた。

「ちょっとあけてもらって見てみようかね」と聞くと、小さく頷いた。「ごめーん、ちょっと場所あけて」と言いながらそっと背中を押す。目当ての本を手にした子どもたちはすでにその場で読んでいたりするので問題はなかった。男の子は迷いなく手を伸ばして『サラダでげんき』(角野英子)の絵本を取った。胸に抱き寄せるようにしてにっこり笑った。良かった、と思った瞬間、「野田さん」と声がかかった。この図書館の司書さんで、勉強熱心で選書にも優れ、頼りにされているTさんだった。

「すみません、息子がお世話かけました」

「息子さんなんだあ」

子どもたちが選んだ本を読む時間になった。「読んでみる?」と聞くと、また「うん」と言ってうつむいた。Tさんも少し顔を曇らせて

「本は好きなんですけどね」と言った。

「この本なんて大好きで暗記しているんですよ」

「それ、すごい、聞きたーい」

「ね、野田のおばちゃんも言ってるよ。読んでみたら」

いつも落ち着いて、講座も堂々とこなすTさんの顔は心配でいっぱいのお母さんの顔になっている。息子さんは「うん」もう一度小さく頷いて読むための場所に近づいた。足が止ま

る。振り向いてTさんを見る。Tさんが何度も頷く。ようやく皆の前に立つ。「さあ、お名前は?」進行係の人に聞かれて小さな声で名乗る。「はい、○○君、お願いします」促されると本を胸に抱きしめた。

「うーん」小さな声が聞こえる。「うーん」小さく唸り続ける。横に立つTさんが息をつめて拳を握りしめている。胸の鼓動が聞こえるような気がした。辛抱強く進行係の人も待っている。同じ職場の人なのでTさんや息子さんのことを知っていたのかもしれない。彼を知る人たちが息をつめて待っている。見守っている。息子さんは一度うつむき、そしてまっすぐTさんを見た。大きく息を吸って……何と! 本を読まずに諳んじ始めたのだ。文章に合わせて胸の前で皆の方に向かってページを繰っていく。少しの間違いもない。諳んじる文章と絵はぴたりと合っていた。

子どもが自分で決意して一歩踏み出す瞬間。その尊い瞬間を見せてもらったと思った。もうずいぶん前のことだけれども、あの時の窓から引き込んできた風のさわやかさもともどもに今も鮮やかに記憶に残っている。

もうすっかり成人して、もしかしたらお父さんになっているかもしれない。目を輝かせてお父さんの暗誦する『サラダでげんき』を聞く子どもたちの姿が見えた気がした。

震えた話をしようと思う――発見

食品庫の整理をしていて、私は天を仰いでしまった。賞味期限切れの高級オリーブオイルを発見したのだ。もったいない精神を発揮して、「何かの時に」としまいこんだまま賞味期限が切れてしまったのだ。「もったいない」は子どもの頃からしみついた精神だ。正常に機能すれば、物を無駄にせず生かし切ることができる。環境にも良い。けれども、「何かの時に」という呪文に縛られてしばしば天命を全うすることができないのである。家族が集まった時に張り切る料理に、飲み仲間と家飲みの時のおつまみのちょっとおしゃれな風味つけにと構想はいろいろあった。それもすべて今は虚しい。少なくとも我が家においては忘却の川に沈んだ品々に「何かの時に」は永遠に来ない。

私はとりあえずオリーブオイルの栓を開けた。もったいない精神を持つ者は基本的に諦めも悪い。匂いを嗅いでみる。香り立つことはないが普通のオリーブオイルの香りだ。舐めてみる。苦味も辛みもなく、スーパーで売っている愛用のオリーブオイルと変わらない。賞味期限とともに「高級」味だけがはがれおちたらしい。色にも濁りはない。

「現代の人間は、賞味期限などという文字に頼りすぎて、自分の臭覚や味覚をなおざりにしている」。不意に天啓のごとく養老孟司の言葉が蘇る。インタビューの記事か何かで読んだのだ。その時なぜか、さすが時間があれば昆虫を追ってジャングルの中を駆け回っている人だと感心した覚えがある。見て聞いて触ることに秀でなければ、虫取りの猛者とは言えない。生きる基本は五感なのだとこの脳科学者は暗に言っている。

改めてオリーブオイルの壜を手に取る。私の臭覚・味覚・視覚は大丈夫と言っている。念のため、ネットでオリーブオイルの賞味期限について調べてみた。驚くほど多くの記事が出てきた。うっかりいただきもののオリーブオイルをしまいこんでいたことに気づき、何とか挽回しようとネットに答えを求める人たちはこんなにいるのだ。そうか、世の中には同志がたくさんいる。私は一人ではない。数ある記事の中から賞味期限切れ二十二カ月は大丈夫という記事を採用する。風味が落ちているので生食には向かないが、炒めたり揚げたりには問題ないということである。これこそ私が求めていた言葉であり保証だ。賞味期限は一昨年暮れなので余裕は十分だ。情報を得たついでに、人は自分の欲しい答えしか採用しないということを改めて実感する。

賞味期限切れのオリーブオイルをふんだんに使って、かき揚げを作った。その揚がり具合たるや！　最近よく使われる「異次元の」揚がり具合だった。

主婦はキッチンで時に思いがけない天啓を得るのだ。

福田　稔

バスルームの神器たち

私は、まるまる一年間、風呂に入らなかった経験が二度ある。それはアメリカ留学中のことであった。

「風呂に入らなかった」とは、随分と汚らしい生活をしていたと思われるかもしれない。しかし、それは湯船に入らなかっただけのことで、シャワーは毎日浴びていた。その点、誤解なきようお願いしたい。

そのシャワーを浴びていたのは、洗面台とバスタブとトイレが一体となったバスルームである。そこで過ごした時間は、在米期間に対してかなり短かったものの、ある物のお陰でかなり助かったと感じている。

そこで、私の留学生活を陰ながら支えてくれた優れ物を紹介したいと思う。それは、バスルームを構成する洗面台とバスタブとトイレそれぞれに関係する三つの品である。私は、心の中で「バスルームの三種の神器」と呼んでいる。

まず一つ目は、洗面器である。「ん？　なぜ洗面器なの？」と、不思議に思われるかもしれない。ところが、アメリカでは洗面器は日常生活で使う場面がないので、現地に行ってしまうと簡単には手に入らないのである。

英語で「洗面器」は、wash bowl や wash basin に相当するが、インターネットで調べてみると、洗面台の洗面器の部分を指したり、物を洗うための大きめの容器（背が低いバケツのようなもの）を指したりするようだ。『新明解国語辞典』（三省堂）によると、「洗面」は「顔を洗うこと」なので、後者の容器は日本語の「洗面器」に該当しない。

そもそもアメリカでは、体を洗ってから湯船につかるという入浴の習慣がないので、バスルームで洗面器を使うことはない。そのため、日本では数百円で買える、あの手軽な大きさの洗面器は、アメリカのスーパーで目にすることはなかった。

そうなると、顔を洗ったり髭を剃ったりするのに、いちいち「洗面台の洗面器」にお湯を溜めることになる。これは意外と時間がかかって面倒だった。少ない水量・湯量で素早く用を足すことができる洗面器は、朝の慌ただしいときに本領を発揮する。アメリカ・イリノイ州での最初の留学生活（一九八八～一九八九年）を始めたときに実感した、洗面器の有り難さであった。

しかも、洗面器は「第二の神器」と一緒に使うことで、バスルーム・ライフがさらに快適になるという相乗効果を生み出す絶品でもある。

その「第二の神器」は何かというと、浴室で使う椅子なのである。

シャワーはバスタブで浴びるので、「シャワーを浴びるのに、椅子が要るの？」と、思われるかもしれない。それが、要るのである。

ここで、シャワーだけの生活を考えてみよう。「シャワーを浴びる」とは、なかなかおしゃれな響きがする。ただ、毎日どんなに疲れていても、立ったままの姿勢でシャワーを浴びるのである。そのため、辛いと感じることも多い。

シャワーを浴びることは、あくまで体の垢を落とす活動である。日本のお風呂のように、座って体を洗い、湯船に浸かってゆっくり体を休めることなど、アメリカでは叶わぬことだった。

ところが、である。バスタブで立ったままシャワーを浴びなくても、椅子に座ってシャワーを浴びることは可能なのである。これに気づいたのは、最初の留学を終えて、イリノイを離れる最後の夜だった。

私はアパートを引き払い、友人のアパートに一晩泊めてもらった。彼はご親戚（日本人）のアパートに居候していたが、その日は彼一人だった。その夜、バスルームでシャワーを使うことになった。そのとき私は、長年アメリカで生活をしてこられたご親戚のアイデアに敬服した。

なんと、バスタブの真ん中に、お手製と思われる木製の腰掛け椅子があったのだ。それに腰掛けてシャワーを使うようになっているではないか！

バスタブは立ってシャワーを浴びるか、湯を溜めて浸かるかの二つの使い方しかないと私は思い込んでいた。バスタブを洗い場として使う発想は、私には全くなかった。

髪と体を洗いながら、実に楽だと感じた。「これはいい！　こんな楽なシャワーの浴び方があったとは！」。私は感嘆した。そして、もし再びアメリカで生活する機会があったら、日本から浴室用の椅子と洗面器を持ってくるぞと、心に決めたのだった。

ちなみに、英語で浴室用の椅子のことは、bath chair と言うらしい。直訳に近い表現だが、介護用品を指すことが多いようだ。

それから六年後、私はアメリカ・マサチューセッツ州のボストンで再び留学生活（一九九五～一九九六年）を始めることになった。もちろん、渡米する私の荷物の中には、浴室用の椅子と洗面器があった。

この二つの道具のおかげで、二度目の留学中は、バスタブの中で椅子に腰掛けて、洗面器を使いながら髪や体を洗うことができた。疲れた体がさらに疲れることもなく、大変快適であった。もちろん洗面台では、顔を洗ったり髭を剃ったりするのに洗面器が活躍した。

さて、三つ目のバスルームの神器を紹介しよう。それは、トイレを快適にする便座シートである。これに対しても、「便座くらいで神器とは、大袈裟な」と思われるかもしれない。これには訳がある。

私が住んだイリノイとボストンの街は、北海道の函館市とほぼ同じ緯度に位置している。そのため、冬は、宮崎の冬とは比べようもないほど寒かった。マイナス十度以下になる日もあるし、時には雪が一メートル以上も積もることがあった。

アメリカの家はセントラル・ヒーティングで、冬でも室内は暖かく快適に過ごせることは広く知られている。それでも、便座だけは氷のように冷え切った状態で、お尻との接触を虎視眈々と狙っているのである。その冷たさは、ひんやり感を超えたレベルで、心臓がギュッと疼き、思わず「うっ！」と声が出てしまうほどだ。これは、トイレに間に合ったという安堵感を一瞬にして奪う、奇襲攻撃に匹敵するだろう。

ただ幸いなことに、最初の留学から私は万全の対策をとっていたのである。というのも、アメリカへ発つ前に、母が、「これを便座に置いて使いなさい」と、「便座シート」なるものを渡してくれたからだ。それは薄いシールのような物だったので、私には頼りなく感じられ、役に立つのかなと半信半疑だった。

二カ月の学生寮生活を終えて、八月下旬の新学期が始まるとき、私は一人での生活を始めた。そのとき、母から渡されたシートを便座のU字に合わせて貼って使い始めた。

実際のところ、その効果は絶大だった。座っても便座の冷たさがお尻に全く伝わってこないのである。しかも、洗って使えるタイプだったので、衛生面でも安心できた。

もちろん、二度目の留学時にも「便座シート」や「便座カバー」をいくつか持って行った。使わない新品は、お世話になった人に、「使わないので、よければどうぞ」と贈って、喜ばれた。

ちなみに、現在でも便座カバーをアメリカで見つけるのは難しいらしく、その主旨のネット記事などを目にすることがある。なお、公衆トイレなどでは、紙の便座シートが置いてある場合もあるが、気にする人は腰を浮かせて中腰で、ということもあるそうだ。

これらバスルームの三種の神器に、もう一つ付け加えるとすれば、日本のフェイスタオルがあるだろう。縦が約三十センチメートル、横が約八十センチメートルのサイズである。

このサイズのタオルを私たちは日常生活で使い慣れ親しんでいるが、これと同じタオルは、アメリカで買うことはできない。一番近いサイズがハンド・タオルだろうか。概ね、十六インチ（約四十一センチメートル）×二十八インチ（約七十一センチメートル）の大きさであるが、微妙に日本のタオルとサイズが違う。タオル生地も、アメリカのタオルは日本のものより分厚くて、逞しい。

この微妙な違いを感じながらアメリカのタオルをしばらく使った後で、日本のタオルを使ってみると、「これこれ！　自分に合っているのはこれだよ！」と、しみじみと感じるのである。

調べてみると、日本にタオルが伝わったのが、明治時代（一八七〇年代）だそうである。まだ、百五十年ほどしか経っていないのに、私の体験から、日本のタオルは私たちの生活や体に自然に馴染んでいることがわかる。

最初に留学した時は、タオルを二本しか持っていなかった。一本は髭剃り用に、もう一本はシャワーを浴びた後に体を拭くために大切に使った。二度目の留学の時は、十本ほど持っていった。その中の一本は今でも保管してあり、思い出の品となっている。

以上が、私のバスルームの神器たちの紹介である。これから海外で長期滞在する方にお役に立てたら幸いに思う。

ただ、私の体験を別の見方で受け止めることもできるかもしれない。例えば、海外から日本へ来て生活を営む方たちも、似たような体験をしておられるだろう。日常のちょっとした工夫や助けが、日本での生活を快適にするのに（僅かであっても）役立つことがあるはずだ。そのような日常生活のコツやアイデアのようなものを、まとめることができればと考え始めている今日この頃である。

森　和風

七巡りの卯寿

卯年に入った寒さの残る春まだ遠い日の朝、突然のように、私は狂気に似た〝母の聲〟を聴いた。――あんたはまだやり残したことが一つあるじゃろう……!!と――。

私が最近になって何時も考え、思っていることの一つに〝死ぬまでにあと一つやらねば死にきれないことがある〟ただ何処から手をつければ……と何かある度に思い出すのだ――。唯、その次に心の聲が聞こえ〝お前は長生きし過ぎたようだッ〟その瞬間、私は神様に〝早くお迎えに来てほしい〟と祈りながら頑張らねばと思う不思議な私もいる。だがやらねばならぬ想いは、大きな気力と夢を膨らませてくれる原動力となっているのも現実なのだ……。そんな鬱々！　バタバタの生活リズムの中で舞い込んだ一通の封書に心が飛んだ——。裏面には初めての住所と雅号の名前が記してあった。全く別団体の書人からの文書で、丁寧な表現の、驚くべき内容であった。

そこには日本最大の中央展に籍を置き、ジャンルを越えた〝審査会員〟以上の立場を持つメンバーで、しかも卯年生まれの書人による展覧会を開催するから、是非とも参加してほしい！というお誘いの文書であった。開催会場は何とあの有名な「銀座の鳩居堂ギャラリー」ではないか‼　——‼

人間は不思議で勝手なものだ——あー‼　長生きはするものだ‼　まだまだ捨てたものではないよ‼　人生は——。二つ返事でお顔も、会ったこともない書人のお誘いに、お世話されるご苦労に感謝しながら快諾した私。後で解ったことだが、初めての企画であること——。九州からは私一人の参加のようだ。——。

此処で、書芸術の表現者として生きる人たちのために、私は書道界の正確な情報を伝えねばならないようだ。日向和風の私が書道界に半世紀以上身を置いていても、不思議に感じ理解に苦しむ部分があるからだ——。

〝日本最大の書道展〟とは、毎日新聞社・事業部のイベントであるが、独立した「(一般財団法人）毎日書道会」が開催する。戦後すぐに発足、今年で七十四回展を迎える。歴史は今少し二、三年長いと聞くが……。この書団の表現ジャンルは、七部門から成り＝一部・漢字部（二類あり）、二部・仮名部門、三部・近代詩文書部、四部・大字書部、五部・篆刻、六部・刻字、七部・前衛書（文字性／非文字性）まであるが表現領域で言えば、九部門存在する＝。開催会場は「国立新美術館」及び「都立美術館」を使用しての、日本最大の展覧会だ。コロナ前のある時期までは、出品点数が三万六千点もあり、参加団体は「百十六団体？」ばかりあったように記憶している。――只今の状況は調べていないが――。

　地方に住む私のような書道人が何故此処まで歩んで来れたのか――また、展覧会で何故〝審査会員〟に成れたのか、地方の書人たちはそのシステムを知らぬ人たちが多いが、「ひと言で言えば、○○賞には点数が存在する」ということを知らないようだ――。受賞を重ね、点数が満ちると誰でも〝その立場のメンバー〟になる。〝審査会員〟になるならばまず無鑑査クラスで三年を越え（四年目から有資格）、三十歳を越えているメンバーで、展示会場が七室（？）までに作品が常時掛けられていること……等々の諸条件をクリアーすれば、誰でも最高賞のグランプリの対象作家であり、受賞すれば次年度から審査会員となる。また、大事なことは、どの書団に所属し、師承は誰なのか――？も重要条件ではあるが――。話があり過ぎてズレてしまったようだが、こんな極秘情報も私の年齢となったから書けることだ。更に言えることは、私が永年に亘り、金子鷗亭＝一九九〇（平成二）年文化勲章／二〇〇一（平成十三）年没＝に師事できたからこそ此処まで歩んで来れたのだと言えるのだが――。それにしても丸五十九年間、足掛け六十年も出品作品を書き続けられた自分の體、魂、心、諸環境に感謝と心からのお礼を捧げたい――。また、しみじみと思い出が甦る――。

二十二歳の終りに結婚し、二十四歳で娘を授かり、教育者の主人が〝僕の仕事は多数の人間を育てることに意義があるが、君の芸術活動は自分一人との戦いなのだから頑張れば良い……〟と背中を押してくれたのを良いことに、上京七〇〇回、休筆したこと無し。二つの中央展に出品し続けることで元気をもらい、今日に至っているが、家族にはこの上もない迷惑を掛け続けてきたのだ……と今になって後悔している私も居る。気が付いたら八十路を越えていた。心が萎える寸前の今回の〝卯年の書展〟で驚いたことは、立派な発起人の先生方六名、九十六歳の書人、私の年齢が九名、七十二歳が二十六名、六〇歳十四名、計五十六名の参加になる書展となっている。ただこの瞬間心配なのは、羽田空港内〝全日空〟の到着口からモノレールに乗るまで、果たして私の足のエネルギーが持ちこたえられるか……!!　――!!　あー!!　最後まで私の駄文におつき合い、お読みくださった方々がとても気に掛けて?!!おられるかなーと思うこと、――どんなマチエールを書表現されたのですか?　――もちろん!!　それはもちろん（モチ・モチ）、――いのち華やぐ――!!

私の心の中で何時も、響き続けている言葉の一つですからぁ――!!　――合掌――

〝後編〟――戦の最中に飛び込んで――

私は不思議な運気に支えられて生きてきたことを〝事の度毎に佛様にお礼と感謝〟を捧げてきた。今回もまた、二カ月も前に全日空のチケットは購入済であったが、上京が近づいた頃、東京の時事通信社の小嶋様から〝先生!!　上京当日に新高輪プリンスホテル・飛天の間で正午から、維新の会・馬場代表の講演があるので是非ご参加ください!!〟と連絡を戴いた――。今回も不思議なご縁が飛んで来た……よッ!!

私が宮崎の内外情勢調査会のメンバーとして入会したのが昭和六十二年頃からだから今年でちょうど三十六年も在籍していることになる――。この間、歴代の〝首相〟の話を聴きに上京。中でも一番印象に残っている講演は、五木寛之氏の「男が泣く時」の話であった――。この例会はつい先頃まで〝帝国ホテル〟が会場であったが、最近の全国懇談会は、出席率が良く、この飛天の間での開催が多いと話してくれた――。また、この〝飛天の間〟の重大なる思い出が、一九九五年、世界ソムリエ大会で田崎真也氏が世界№1に輝いた。その時も私はこの場所に居た――。「(一般社団法人)日本ソムリエ協会」を創設された浅田勝美氏=(当時パレスホテルのシェフ・ソムリエで私の師匠でもあった)からのお誘いであった!! 何と濃いご縁の人生なのか……と、新高輪を後に、待機してくれたタクシーに飛び乗って外気四〇度の中「銀座鳩居堂ギャラリー」へと車を飛ばしてもらった――!! ……。

そのギャラリーは思ったより狭いが空間は、「エッ!! これが銀座の……?」と感じる暇も無くお客様は訪ねてきておられた!!――。映画『三十九枚の年賀状』の図師三千男監督!! 立派で素適な花束も私の作品の前で誇らしげに咲いているよー。県立妻高校の大先輩なのだ。この東京・銀座で我が故郷の傑出人材で〝勝れた映像作家〟と出会える幸に酔った。「私は何と果報者か……!!」としみじみする。我がエッセイスト・クラブメンバーの戸田淳子女史もわざわざ江の島の方から馳せ参じてくださり、長い時間、旧交を温めることができたのも嬉しい限りの人生を感じるひとときであった――。感謝!!――。宮崎放送・東京支社の方々も……。武井外務副大臣も楽しい、ゆったりとした時間だとご多忙な中を諸々交流して帰って行かれた。多くの友人、教え子、縁者に交ってまた、神様からの一人の人物を〝心の友〟に戴けたのは、果報者としての心脳の奥に、特記したい――。

――人の渦、炎天下の銀座で天に向い　合掌――

森本雍子

柔らかな日差しの中で

　春を告げる日差しの中で掃除をしていた。本棚の上を柔らかな羽毛のようなものでそっとなぞっていた。

　その時、小さなピンクの、何か紙切れにしては二つ折りにしてあるものが落ちていたのである。サキソフォーンアンサンブルと書いてあった。日時は一九九五年五月六日（土）午後三時～と印刷されてあった。裏側に「宮崎交通関様より森本様へ」とある。宮交シティのアポロの泉までわざわざこの、コンサートを聴きに来られたのであろうか？　または偶然に通りかかられて音に魅せられ聴いてくださったのであろうか。当時、本社の関正夫氏は専務であったのである。この小さなプログラムをご覧になり何曲か聴かれて「良いことやっているね」とシティの職員に渡されたことが再び甦ったのであった。

私は長年宮崎市に勤務していたが、定年まで少し残し一九九四年に㈱宮交シティ生活文化室にと、転職していたのであった。

この「アポロの泉」でイベット・ジローが歌われた立派なステージを当時の社長渡辺綱纜氏から伺い、ここでコンサートを思い立ったのであった。

それは、企業による文化支援活動をさせていただこう、また、学校週五日制が段々と定着していく中で、公民館、児童館、図書館等と子どもたちの受け皿作りと並び地域のショッピングセンターの役割として何かできないかと考えていたのだった。

そこで、当時宮崎市芸術文化連盟の副会長であった中村禎子さんや、宮崎市民吹奏楽団代表であった松本嗣夫さん等にご相談し「アポロの泉コンサート」を企画したのだった。立派なコンサート会場でなくても音楽は雑踏の中からでも生まれてくるものだとのことで実施したが、本当にショッピングセンターでも大丈夫であろうかと心配したのが杞憂に終わり、当日は新聞各社の取材などで盛り上がり感謝の一言に尽きた。その折の新聞からかいつまんで書いてみる。

「学校週五日制の導入に伴う余暇の過ごし方の一つ」

「情操教育と地域文化の活性化を図ろうと来年一月までに計四回開く」

「スコットランド民謡、クラシック、ジャズなど軽快なテンポに足を止めた人々から手拍子が起きた」

「買い物帰りという主婦は『忙しいのに、つい足を止めてしまいました。良い音色でステキですね』とじっと演奏を見つめていた」等々、好意的であった。

また翌新年早々に、珍しい古楽器のチェンバロを宮崎コンツェントウス・ムジクスの安田秀文さんにお持ちいただいて開催した、お正月の「チェンバロコンサート」では、本当に地域の皆様に喜んでいただき、「こんな楽器があるのか」という好奇心と「バロック時代の生の音が聴けた」と目を輝かせていただいた。

こうして実施してまいった背景に五木寛之さんの【生きるヒントⅡ】に書いてあった言葉に勇気づけられまた、影響を受けたことがある。「自分としては、音楽というものはコンサートホールで聴くのもとっても好きだ。しかし、街角から聞こえてくるのもいいのではないか」という言葉だった。同感であった。

その類にあと一つ忘れられないコンサートがある。それは「小さなキラ星コンサート」というネーミングで、主催は宮交シティ、後援を宮崎市教育委員会、宮崎市保育会とある。

プログラムにはヘンデル「オンブラマイフ」、さんびか「きよしこのよる」、ゆやまあきら「おはなが　わらった」「おはなし　ゆびさん」「ちいさな　はな」、アンコールにみやざきのこもりうた「三月さくらのさくころで」。このプログラムを担当したのは宮交シティ生活文化室の岩村まさとうさんで今は故人だ。Ａ４の紙に「おはなが　わらった」の歌詞が五線譜の上にひらがなで書かれ、下には大きな太陽、小さなお友達が五人、輪の中に大きなお花が笑っているのだ。

当日は宮崎大学助教授ふじもといくよ先生（現在は教授）のソプラノ、伴奏はゆあさけいこ先生、私の三人で、島之内保育園、檍保育所を巡った。ちょうどお雛様の時期で日差しも柔らかく気持ちのよい日だった。ふじもと先生もドレスアップされ、ヒールを履かれていた。園児たちは最初先生のスカートを手で触ったりしていた。先生の明るいソプラノで歌い出されると、幼児たちは皆シーンとなって聞き始めていた。

目はキラキラと、とっても静かに、いつのまにかお行儀も良くなっていることに気づいたのだ。本物に触れさせるというのは、こんなにも違うことかと思われたのか、保育園（所）の先生方にもとても喜んでいただいたのが忘れられない。

それ以来、何事にも、小さな子どもたちに見せたり、聞かせたり、触れさせたりすることがいかに大切なことであるか、ということを私自身勉強させていただいたのだ。

時流れて違った形で音楽を楽しむ機会に出合った。ピアニストで作曲家の吉野紀子さんから、故人となられたお母様の家のリフォームが完成したので、こけら落としにバリトンの末平浩康氏を迎えミニコンサートを開かれるという「アトリエ・ニーナ」オープン記念パーティーへのご案内であった。喜んで水間京子さんや戸田淳子さんなどとでかけた。

閑静な住宅街の一角にアトリエはあった。三々五々と人々は集い、高鍋町のお父上のお屋敷の蔵から出されたお軸や器などを眺めたり、手に取ったりしながら会話を楽しんでいる。飲み物などが配られると、紀子さんのグランドピアノから音が鳴りだした。ヴェルディの乾杯の歌、末平浩康氏のバリトンである。そこで「乾杯の音頭」が取られいよいよ佳境に入った。さらに、吉野紀子さんによるショパンの華麗なる大円舞曲や林智佳子さんのソプラノなどであった。

二〇一九年十一月一日には藤本いくよ先生のソプラノリサイタル～秋夜に～が開かれたが、その年の十二月三十一日には中国湖北省武漢市からコロナ発生とWHOに報告されている。コロナは全世界に拡がり緊急事態宣言があったり、ロックアウトされる国々も出てきた。イベントは日延べや中止になったものもあった。皆、感染予防に気を使い暗い時間が過ぎた。二〇二二年あたりから少しずつ人の心に明かりが灯り出した。

その年の九月四日、宮崎大学を退官された葛西寛俊教授の退官記念コンサートに招かれた。

メディキット県民文化センター演劇ホールだった。ベートーヴェンのピアノソナタ第四番作品七など心に染み渡った。

そして、本年二〇二三年四月、アトリエ・ニーナからオルガニストの山口綾規氏と吉野紀子さんのピアノデュエットが再び流れ出した。

柔らかな春の光が窓から差し込んでいた。明日は国際音楽祭ヴェルディの仮面舞踏会だ。

幻の五厘橋

「五厘橋は昔の有料橋の名残りの名前である」

これは清山芳雄元宮崎市長（十五代~十七代）著『赤い鳥居』の中の「五厘橋」の冒頭である。清山さんは市の東部に位置する檍地区の新別府出身で、代々農家であると書かれている。私も同地区の吉村町に住まいして久しいが、この地区のことに疎い。歴史、風土などこの本から親しく教えてもらっている。宮崎の片田舎のちいさな社会での、風俗や習慣、方言などの古い記憶の断片であるが、一ツ葉の塩湯のこと、昆虫や身近な植物のこと、遊びのこと。「五厘橋」ではその一端が紹介され何とも懐かしい情景に和むのだ。

清山さんは何歳であったか、時節も春か秋かもわからないが、十人くらいの腕白小僧が五厘橋の上で遊んでいた。そして、一人ずつボスの命令で飛び降りるのである。次々と飛び降りた一番年下の清山さんは奮然として飛んだ、というより落ちた。と同時に脳しんとうを起こしたらしい。そのような話だ。

その五厘橋を夫と探しに行こうとなった。著書によると「宮崎市の旭通りを東に進んで一の宮、今村を過ぎて松原近くの新別府川に架かっている」と。爽やかな初夏の夕暮れだが少し東風が強い。檍小中学校出身の娘に大方の場所は聞いていた。港のフェリーが出る所から近いが既に五厘橋の形はなく、欄干の礎らしいのが一つ残っていて、しかも雑草に埋もれている。とのことだった。

私たちは著書のとおり東に広い道をとにかく歩いた。松林に着いた。フエリー乗り場にと今度は綺麗に舗装されている広い道を北に急ぐ。娘の携帯電話に連絡するが繋がらない。娘婿（中学校では娘と同窓だった）に電話を入れる。「もう少し北に行きフェンスを目指して行くと左手に」と言う。そのとおりに進むと係員が施錠したとのこと。「少し戻って一ツ葉有料道路に出られた方が……」と言う。言葉少なに北に歩く。夫が「あの交差点まで引き返そう」と指さす。その時右手の樹木に紛れて、コンクリートの橋梁に似たようなものがある。

「もしかして……」と期待に胸が高鳴る。

あまり長い時間帰宅しないので、一軒隣に住まいする娘婿が車で迎えに来てくれた。

「右手の方にコンクリートの橋梁らしきものを見つけたのだけど……」と娘婿に話す。「それだと思いますよ」と車を戻し「多分これでしょう」と同意してくれた。「新別府川も蛇行したりして河川改修されたときもあったみたいです」と教えてくれる。

「五厘橋は明治の半ばに清水十次爺ちゃん夫婦が稲荷神社参拝のため私費を投じて橋を架けられたので五厘ずつもらっていたらしいわよ」と娘から聞いた。娘婿と娘には脱帽だ。

今度、娘と江田川に架かる〝ふなとはし〟を渡り一葉稲荷神社に参り、津波に呑み込まれそうになった神社を一匹の兎が波を蹴散らし守ったそのウサギに会いに行こう。

夢人

消えたP3（ドン・ペリ）

さかのぼること六年。ワイン騎士団と銘打った四人の同好の士が、ゴールデンウィークを利用して、フランスのワイナリー巡りに出発した。とは言え、四人中二人は、素人も同然。残る二人は、ワイン歴四十年、五十年。一家言を持つ、世界中の美食を知り尽くしているグルメである。古今東西、そのワインの始まりから、現代までのワインを知り尽くし、日本のワイン業界をけん引してきたとも言える一人の団員。ワインを飲み尽くしてきたとはいえ、好みのままに飲んできた、もう一人の団員。前者の主導で始まったこの旅は、後者の嗜好とワイン観を大きく変えることになった。

もちろん、素人同然の私は、少しでも実りある旅にしようと、それまでのワイン会の知識に加えて、時宣を得たワインの漫画や初級ソムリエの参考書を読み、これから訪れるワイナリーの行程と解説を手に自家製のガイドブックを作った。所詮付け焼刃とは言え初心者には十分であったが、上級者からすると、垂涎の的の行程であったろう。今になって思い返すと、極めて贅沢な旅であった。

そして、もう一つの収穫は、あらゆる分野に通じ、グローバルに活躍し、社会に貢献している一人のワイン通の団員が、あらためて深淵なるワインという代物に魅了され、驚嘆する、そのときを共有したことである。身に余る幸運と痛感した。

さまざまなご意見はあろうかとは思うが、一般的にワインと言えば、フランス、ブルゴーニュ、ボルドーの二大産地。もちろん一九七〇年代後半から、追いつき追い越せと、同じフランス国内はもとより、イタリアを筆頭としたヨーロッパの歴史あるワイン産地。さらには新大陸や南半球でのワイン作りのレベルも上がり、世界的なワイン嗜好者の増加に、投機的な側面も加わり、昨今のワイン業界には目を見張るものがある。今や、多くの個性的なワインを楽しむことができる。しかし、だからこその原点回帰。今回はブルゴーニュワインを中心とした、ランスからボーヌへの旅であった。

五月一日夜明けとともにドゴール空港に降り立った私たちは、メーデーで閑散としたパリ市内を、それでもエッフェル塔に始まり、市内でカフェとクロワッサンをつまんだ後、セーヌ川沿いにノートルダム大聖堂を見ながらエトワール凱旋門へ向かった。大挙して押しかける、世界GDP第二位となったさる国のツアーバスと観光客を尻目に、写真を遠慮がちに撮影する。メーデーで閉まっているブランド店を横目に、シャンゼリゼ通りからコンコルド広場を散策し、やはりメーデーで閉館しているルーブル美術館に落胆しながら、かろうじて開いている土産物店を覗き、ルーブルの香りを嗅いだ。

その後、地下鉄でモンマルトルの丘へ移動し、サクレ・クール寺院からパリ市内を一望した。観光客を目当てにしたポケットピッカーに気を付けながら、丘で昼食をとったあと、最初の目的地であるランスへと向かう。歴代のフランス国王の戴冠式を行ったランス大聖堂は、例にもれず歴史的建造物の多いヨーロッパならではの修復工事の真っただ中。それでも気を取り直し、屋内のシャガールのステンドグラスに心を奪われ、大聖堂内の匂いに、人や物が重ねてきた年月を感じ、しばし昔日に思いを馳せた。第二次世界大戦で、ドイツ軍が進軍したであろう街道沿いの宿でしばし体を休めた後、地元のレストランで地産の食事（鳩の肉）を、テーブルワイン級ながら、十分に美味な赤ワインと一緒に食し、長い一日が終わった。

翌日、いよいよ目的であるワイナリー巡りが始まった。一日目はモエ・エ・シャンドンのセラー見学である。フランスのエペルネにあり、一七四三年に創業し、現在はLVMH（モエ・ヘネシー・ルイ・ヴィトン）に属している。一般の観光客と一緒に第二次世界大戦の際は防空壕の役目も果たした地下（二十八キロメートルもある地下道）のカーブ（ワイン貯蔵所）を見学した後、一般人は入れない、かのナポレオンも滞在したという洋館で昼食となった。いかにもと言った体の黒服でサングラスを着けた警備員が二人、目を光らせる電動の鉄の門扉を越え、贅を尽くした洋館を見学しながら、貴賓室へ案内された。三年に一度のコンペティションで任命されるお抱えシェフが振る舞うランチと、ロゼのシャンパンに幻惑された脳は、次元、時空を超え、しばしナポレオンの時代をさまよった。

そうして、再びモエのセラーに戻り、腹ごなしがてら、土産物コーナーへ下りていく。アパレルや、タオル、傘などを物色しつつ、ここで「P3」の登場となる。モエの代名詞とも言われる、代表的なシャンパン、ドン・ペリニヨン。通称ドン・ペリの希少セラーはキャッシャーに隠されるように位置していた。

シャンパンを発明したとされるベネディクト会の修道士ドン・ペリニヨンにちなんだこのシャンパンは、できの良い年のブドウだけを使うため、生産されない年もあり、その分、長い熟成に耐えうるパワーがあり、ヴィンテージ・シャンパンとも言われる。しかも熟成を経て飲みごろになる時期が八年、十二～十五年、三十年超の三回あるとされ、二回目を迎えたものを「P2」、三回目を迎えたものを「P3」と呼称する。

「P3」は当時、日本では手に入らず、プラチナシャンパンとされていた。しかし悲しいかな、希少価値が高いため、このエペルネであっても、グループ当り一本のみしか購入できない。買えるものなら四人全員が欲しいのだが、一本だけとなると、四人で共有するのか？微妙な空気が流れ始めたその時、先導する団員が、「一人一本でもいいだろう？」と、鷹揚に言い放った。しばらくして責任者とおぼしき男性と戻り、「ウイ、ムシュー」と、あっという間に、奥へ消えていった。一瞬目を見開いた小太りの女性スタッフは、満面の笑みを湛えた。当の団員は、「ダメ元だったのだけれど、言ってみるものだなあ」と半ば驚きながら、『求めよ！　さらば与えられん』とニヤリ。こうして、我々は「P3」を手に入れた。

次は、ヴィンテージ選びだが、隠れ小部屋のようなセラーで、一九八三年のドン・ペリが目に入った。私が、成人を迎えた年だ。人も物も縁だと思っているのだが、かのシャンパンは、ここで私を待っていたと勝手に解釈し、かくして旅の同伴者となった。

その後、時に珍道中を交えながらの旅は、シャブリ、ボーヌと南下し、語りつくせないエピソードのオンパレードなのだが、別稿にゆずるとしよう。

帰国して、「P3」を眺めながら、果たしていつ飲むのか。子どもの巣立ち、結婚、いろいろとタイミングを考えるのだが、もう一つピンと来ない。待てよ。還暦まで六年。ちょうどクリニックの開業二十周年でもある。六年たてば熟成四十年ものにはなるが、しかし天下の「P3」。何とかもってくれるだろう。開栓の予定は決まった。それまで、しっかりと保管しなければと大事にしまった……。

それから六年。人生は思いもよらぬ方向へ、紆余曲折。公私ともに、それまでの五十年余りの人生で初めて底の見えない奈落を経験する日々が続き、祝いだの記念だのと、言っているどころの状況ではなかった。お蔵入りかとも思われた「P3」の開栓。しかしワイン会のメンバーのお陰で、実現の運びとなった。日時も決まり、ともに飲んでくれるゲストも決まり、後はパーティーの幕開けのみとなった。

満を持して、前日、厳かにセラーを開けて見てみると……、無い。「P3」が無い。どうしたことか。確かにあるはずの、「P3」。記憶の糸をたぐるも、混乱と混沌の果てには、荒涼とした砂漠しかない。再度そのセラーはもとより他のセラー、飲み物用の冷蔵庫、ワイン貯蔵室、パントリー。全部ひっくり返してみるのだが……、無い。ついには、大御所に泣きを入れた。すぐに駆けつけて、勝手知ったわが家のセラーをもう一度探してくれたが無い。人の主役は私であるので、明日まで生き永らえれば消えようがないが、ワインの主役が消えてしまった。取りあえず別銘柄の一九八三年のシャンパンと、「Roi（王）」という名のシャンパンを代替えとして準備することになった。

しかし、痛恨の極み。還暦祝いに飲むと決めてからは、大事にしまったはず。何かのきっかけで飲んでしまうレベルの代物でもない。それでも確信が持てない記憶力の衰えが恨めしい。いったい、どこへしまいこんだのやら？　他のゲストにも「Ｐ３」のことを自慢げに吹聴もしている。何とお詫びをすればよいのやら。正直に話すしか他はない。そうして当日を迎えた。

平身低頭する私には目もくれず、皆、うきうき、いそいそと、パーティーの準備を始める。手作りの料理。チーズの大きな円形の枠に、ゆでたパスタをぶっこんで、こびりついているチーズを剝がし、塩コショウを加えただけの、シンプルだがイタリアの家族料理を思わせるパスタ。代替えとは言え、美味しいシャンパンと、何より、今では大のブルゴーニュ党となった彼が準備してくれた、フランスワイン対アメリカワインの〝パリスの審判〟の再現。アメリカ建国二百年を記念して行われたこの審判の結末はワインの新たな時代の幕開けとなったのだが、これを皆で審判になりきりブラインドテイストして、大いに盛り上がった。

ここ数年、いっそのこと亡父と同じように還暦前に人生の幕を引くのもありかと、思う日々がないでもなかったが、集まった人々の祝福と笑顔。ナイトウェア、スポーツスカーフ、そしていつも気遣ってくれる武骨な息子の花束。久しぶりの誕生日プレゼントに照れながら、童心にかえった。結局、消えた「Ｐ３」は、時を経て、形を変えて、昔からの縁と、ワインを介して培われた縁が絆となり、幸せを振る舞うつもりであった私に、幸せをもたらしてくれたのかもしれない。

米岡光子

シンプルな暮らしに

毎日、暑い。夏なのだから仕方のないことだが、とにかく暑い。昨年も確かに夏を過ごしているはずなのに、どのように夏を乗り越えたのか、さっぱり覚えていない。それなりに暑かったと思うのだが、喉元過ぎれば何とやら、そこが人間のしたたかさであろうか。

四十度に迫る気温の地域に比べれば、うみ風や高層ビルの少ない宮崎は気温が多少低く抑えられて、まだ救われる。人間の体温を越えてしまうような気温に、これから先の暮らしが思いやられる。イヤ、そんな悠長なことを言っている場合ではない。命に係わる暑さにもなりそうだ。

そう言えば、中国語では天気の暑さは、「熱い」を使うと教えてもらった。「とても暑い」は、「非常熱」。これからの夏は、「暑い」よりも、「熱い」の漢字のほうがピッタリくるような気温になるのであろう。

テレビ番組の中で、「地球温暖化どころではなく、地球沸騰化である」と報道されていた。正に、言葉も変えていかなければならないような暑さだ。


仕事で、あちらこちら歩いて移動していたので汗をかき、やたら喉が渇く。水分を取らなければ命が危ない。持ち歩いていた水筒も飲み干してしまったので、自動販売機でペットボトルの冷たいお茶を買うことにした。

さあ、冷たいお茶を飲んで体の中から涼をとろうとしたが、ペットボトルのフタを開けることができない。ギュッと指や手に力を入れてみる。空滑りする。「エッ、こんなはずでは……」。集中して、もう一度、渾身の力を込めてやってみる。やっと、どうにか開けることができた。それにしても手や指が痛い。

「ペットボトルのフタを開けることができない高齢者が多いので、こんな時こそ接遇力です。気配り、心配りで接しましょう」

接遇研修でよく話をしたが、それがそっくり我が身に返ってきた。

「今、右手の親指や手首を痛めているからフタが開かないのかもしれない」

と強がってみる。

しかし、老いに向かって歩んでいる私には、その日がやって来るのも、もう時間の問題である。

ペットボトルばかりでなく、飲料缶のタブを指にかけて開けることも少し厄介になってきた。缶ビールをグズグズ開けるとプシュッの音にも勢いがない。私は、このバキッと開ける瞬間からビールの美味しさが始まると思っているので、タブを開けることが上手くいかなくなり寂しい。

ペットボトルにしろ、飲料缶にしろ、これはもうキャップオープナーの助けを借りるほうが良さそうだ。早速、購入することにしよう。

重い荷物を持つことも最近は困難になってきた。これまで多くの荷物を持つことは、私にとって苦ではなく、むしろ安心感に繋がっていた。だから、好んで荷物を増やしていったようなところがある。しかし、それにも限りがきた。

仕事上、紙媒体の資料も多いのでキャリーバッグを使うが、もう一つバッグが必要になる。

何をいったい持ち歩いているのか、とにかく私のバッグは、いつも満杯状態で重たい。

紙のティッシュに濡れティッシュ。かけている眼鏡に、もしものことがあれば困るので予備の眼鏡を一本。仕事中に声がかすれて咳き込むとまずいのでトローチに咳止め。切り傷にはリバテープ。スケジュール管理の手帳が二冊。薄い週間予定表と少し厚い日々予定表。ポチ袋に懐紙。失礼がないようにお金を渡す時に両者が役立つ。バタバタと忙しくお昼ご飯を食べる時間がない時にはチョコレート。待ち時間や空き時間のために読みかけの本。エコバックは大小二つ。印鑑、名刺入れ、マスクの替え、等々。

「これって毎回必要なの?」自分に問うてみる。否。「持っていて助かった」の記憶はほとんどない。持っていることで自己満足や安心しているようなところがある。スマホで決済やスケジュール管理をしていないので、財布と手帳一冊は必要としても、後は無くてもよさそうだ。必要になれば買うなりの方法だってある。物を減らして持つ負担をなくさなければ、これからが大変だ。

このやたら持ち歩くようになったのには、思い当たる節がある。中学一年の初夏、転校した時の出来事だ。

初めて登校する日の前日、ありとあらゆることを想定して鞄と布のバッグに物を詰め込んだ。教科書はどうしたのだろう。さっぱり記憶にないので、当日、学校でもらったのだろうか。ノートが一冊あれば取りあえず全部の授業で使える。体育の授業があるかもしれないので体操服。美術や書道だったら筆が一本ずつと絵具に墨汁。これで何とかなりそうだ。掃除はするだろうから雑巾を一枚。まだ足りない物があるかもしれない。「その時は売店で買いなさい」と母から言われ、お金を鞄のチャックのところに大事に仕舞う。これで、やっと準備が完了した。

それにしても今思えば、なぜ一日目の時間割を聞いていなかったのだろう。何か理由があったと思うが、全く覚えていない。のんびりした時代でもあったのだろう。今でも交流のある中学時代の友人が、転校一日目のことを忘れずに、事あるごとに話題にする。

「朝、先生に連れられて教室に入ってきた時、膨らんだ鞄と大きな荷物を持っていたんで、びっくりしたわ」

続けて言う。

「一日目に体育の時間があれば転校生は、普通見学するよ。それなのに最初から授業に出て、ホームラン打ってたよね」

と笑われる。確か、体育の授業はソフトボールだった。

しかし、そのお陰で保健体育や担任の先生に褒められた？　というか、驚かれたなつかしい思い出がある。そのことは、私にとって嬉しく誇らしい記憶として心に刻まれた。先々のことを考えてたくさんの物をバッグに入れて持つようになったのは、たぶん、この時からなのだろう。

専門学校で最初に受け持った学生に、私と同じように荷物をたくさん抱えて学校に来るYさんがいた。親近感を覚え、今でもその当時の様子が目に浮かぶ。

Yさんは、大きな布製のバッグをいつも軽々と持って歩いていた。バッグの中を垣間見たことがあったが、お弁当、教科書などを要領よく入れていた。特に、パンパンに膨らんだペンケースが印象的で心に残っている。私のペンケースも同じように膨らんでいて、筆記用具はもちろん、小さな携帯ハサミ、修正液、のり……などを入れていた。きっとYさんもそんな物が入っていたのであろう。そして、Yさんの場合はペンが数本入っていたのだ。

ペン字の授業で、必ずペンを忘れてくる学生がいた。Yさんは、「余分に持っているから」と、いつも貸してあげるのだ。それに味を占めてか、その学生はもちろん、他のクラスメートたちもYさんを頼りにして、「忘れた」と言っては、ちゃっかりペンを借りていた。

「なぜ、何本もペンを持ってくるの?」

Yさんに訊いたことがあった。

本人曰く、「忘れた人が困ると思って」だそうだ。

人の好いYさんは、今、どうしているだろう。まだ、たくさんの物を持ち歩いているのだろうか。


今年、私は古希を迎えた。ペットボトルのフタが開けにくくなったり、重い荷物が持てなくなったりと世間並みに、だんだん老いに向かっていく。これから先、もっともっと年齢を重ねて動くことにも限りが出てきたら、手に負えなくなっていくのだろう。

しかし、暮らしを小さくしていけばやることも減るし、衰えてもちゃんとやっていけそうだ。今から小さな暮らしにシフトしていくことがストレスなく快適に暮らせるコツだと思う。必要のない物を手放す、やるべきことを小さくする。これらのことをだんだんに実行に移していこう。

私の場合は、まずはハンドバッグの中の物を思い切って手放すことからだ。実行してみると、何か忘れ物をしているような不安があるが、今から少しずつ慣れていかなければならない。戸惑いはあるのだが、その一方でこの身軽さもちょっと気持ちがいい。無いことの豊かさがここにある。

小さな暮らしにシフトして、シンプルに豊かな暮らしをしていこう。

渡邊綱纜

汗ボタボタの池内淳子さんと私

汗ボタボタの池内淳子さんと私

私と池内淳子さんには面白いエピソードがある。

池内淳子さんと言えば、和服の似合う上品な美貌の持ち主として、一九六〇年代から一九八〇年代まで、テレビドラマの女王として君臨していた大女優だ。

もう何十年も前のことだろうか。池内さんから一本の電話をいただいた。

「今、宮崎観光ホテルに泊まっています。明日の出演があるので時間がないけれど、お目にかかれませんか」

私は急いでホテルに駆けつけ、フロントから部屋に電話をかけた。

「すぐ降りていきます」

とのこと。

現れた池内さんを見て、私は目を疑った。あの大女優の池内さんが、汗ボタボタでおおっぴらに現れ、エレベーターからロビーまで、一本の大きな汗の筋が出来ていたのだ。

「ゴメンナサイ、ちょうど入浴中だったので」

恥ずかしがる様子もなく、私の方が見てはいけない物を見てしまったような、すっかり恐縮してしまい、

「早くお部屋にお戻りになってください」

とエレベーターの前まで見送った。

なんて純真無垢な人だろう。汗の線を見ながら私はますます池内淳子さんという人間の虜になった。

ちなみに池内さんと宮崎観光の父、岩切章太郎翁とは深い繋がりがあって、池内さんが宮崎に来ることをいつも楽しみにしていた。宴席ではお互いに踊りを披露し合うなど、とても仲良しだった。

ちなみに、岩切翁が披露する踊りは決まって「黒田節」、池内さんがお返しに踊ったのは

「どじょうすくい」。

和服の似合うテレビドラマの女王が踊るどじょうすくいなど、誰が想像できるだろうか。

ワハハ。

【会員プロフィール】

伊野啓三郎　一九二九年、旧朝鮮仁川府生。広告会社役員を経て、一九八四年よりＭＲＴラジオパーソナリティとして出演中。著書に「花・人・心」。日本エッセイストクラブ会員。

岩田　英男　一九五二年生。高等学校地理歴史科・公民科教諭、宮崎県教育委員会主事・主査、教頭、校長として高校教育及び教育行政に携わる。地域年金推進員。趣味は森羅万象。

小田三和子　西南学院大学文学部英語専攻科卒業後、宮崎県庁職員として勤務。趣味は旅行。最近では、標高二、七〇二メートルの長野県乗鞍岳の畳平まで、自転車で走破しました。

須河　信子　一九五三年、富山県井波町（現南砺市）生。一九七〇年より宮崎市に在住。大阪文学学校にて小野十三郎・福中都生子に現代詩を師事。

鈴木　康之　一九三四年、宮崎市生。京都大（法）卒。一九五八年旭化成㈱入社、退職後帰郷。現代俳句協会員、「海原」「流域」同人。著書に『芋幹木刀』『故郷恋恋』『いのちの養い』。

谷口　二郎　東京医科大学卒。産婦人科医。一九八五年、宮崎市内で開業。一万人以上の赤ちゃんを取り上げる。『男がお産をする日』『うぶごえ』『生きる力』など著書多数。

戸田　淳子　都城市生。一九八二年より俳句結社「雲母」「白露」で俳句を学ぶ。現在、日本エッセイストクラブ会員。みやざきエッセイスト・クラブ理事。

中武　寛　西都市在住・大検合格・中央大学(法)卒・西都市職員・医療福祉専門学校(非)講師・特養老人ホーム施設長・民事調停委員等・小説出版(文芸社)。

中村　薫　男性。一九六五年生。グリコアーモンドキャラメルが好物。毎日新聞「はがき随筆」への投稿をきっかけに入会。ウッドベースを嗜む。博士(農学)。当クラブ編集長。

中村　浩　一九三二年生。宮崎県新富町上新田出身。フェニックス国際観光㈱を二〇〇〇年に退任。著書にエッセイ集『風光る』(一九九二年)、『光る海』(二〇〇二年)。

野田　一穂　東京女子大学文理学部英米文学科卒。読み聞かせボランティア勉強会「まほうのつえ」・語りを楽しむ会「語りんぼ」代表。文芸同人誌「龍舌蘭」同人。川柳結社「南樹」会員。

福田　稔　一九六一年、熊本県球磨郡錦町生。帝塚山学院大学(大阪府)を経て、二〇〇二年より宮崎公立大学で教える。専門は英語学・理論言語学。みやざきエッセイスト・クラブ会長。

丸山　康幸　一九五二年、東京生。神奈川県茅ヶ崎市在住。愛読書は東海林さだお、アラン・シリトー、ロバート・キャパ、永井荷風、リチャード・ボード。

森　和風　西都市出身・書作家。金子鷗亭に師事。書教育・書芸術家として六十五年を迎えた。半世紀以上、国際文化交流に尽力。第51回「宮崎県文化賞」受賞(H12)。日本ペンクラブ会員。

森本　雍子　宮崎市役所、㈱宮交シティ勤務。みやざきエッセイスト・クラブ当初からの会員。日本エッセイストクラブ会員。第三十回芸術文化賞受賞（宮崎県芸術文化協会）。

柚木﨑　敏　国富町生。教員として県下を放浪、宮崎市で退職。本会最年長。耄碌老衰はなはだし。書けるのも本年が最後だろうと承知しているが、「雀百まで踊り忘れず」か。

夢（ゆめ）　人（と）　（本名　大山博司）一九六二年、長崎市生。鹿児島大学大学院（医）卒業。脳神経・精神を専門に開業。本業、趣味とも好奇心旺盛な、マルチな万年青年を目指す。

横山真里奈　NHK山口放送局キャスター（前NHK宮崎放送局キャスター）。元会員の祖母、横山多恵子からのバトンを引き継ぎ、エッセイに挑戦中。

米岡　光子　宮崎市在住。専門学校の非常勤講師（秘書実務）、接遇研修の講師を務める。MRTラジオ「フレッシュAM！　もぎたてラジオ」（毎週木曜日）マナー相談のコーナー担当。

渡辺　綱纜　宮崎交通に四十六年間勤務。退職後、宮崎産業経営大学経済学部教授。現在は客員教授。自由人になったが、名刺が必要になり作成した。「岩切イズム語り部（べ）」。

あとがき

中村　薫

28冊目のみやざきエッセイスト・クラブ作品集「パスカルの微笑」、いかがでしたでしょうか。今回は会員十五人の長短あわせて二十九編の作品が集まりました。会員それぞれの思いがつまった作品ばかりとなっております。

新型コロナウイルス感染症の位置づけが五類感染症となり、街中でもマスクを外して過ごす人を多く見かけるようになりました。数年前と同じようにマスクや消毒液を気にせず、作品の内容はもちろん、手触りや頁をめくるかすかな紙の音や香りもあわせて楽しんでいただけると幸いです。

コロナウイルス感染症に翻弄された三年余の歳月でしたが、人それぞれにさまざまな制約があり、ある種のあきらめの中にさみしく、悲しい出来事も多々あったかと思います。昨年のあとがきに「マスクが取れて、人々の笑顔が光輝く未来が来ることを祈らずにはいられません。」と書いたのですが、実際にまだ流行は続いておりますし、期待したレベルには至っていないのが現実かと思われます。それでも、失ったものを取り戻そうとする動きはあちこちで始まっています。集会やイベントが再開され、子どもたちはもちろん、人々に笑顔が戻りつつあり、光輝く未来を期待させてくれます。

さて、この作品集を手に取ったときに真っ先に表紙をご覧になられたことと思います。光を感じていただけたでしょうか。裸足で歩きたくなるような、透明な波に光る浜辺が描かれています。題名は《光の世界》です。扉絵は《とある情景》で、誰もが記憶の中に抱いていそうな懐かしい風景が描かれています。今回は、川南町在住の画家・児玉陽亮様にお願いしました。児玉様の個展にも訪ねさせていただきましたが、透明感のある画風で、特に空や海の青色の表現が繊細で心に残りました。

私ども、みやざきエッセイスト・クラブは毎年会員が作品を持ち寄り、この作品集を発行しております。紡ぎ続けて今年で二十八号となりますが、共に作品集を紡いでくださる方をお待ちしております。ご意見・ご感想はもちろんですが、ご興味持たれた方はご連絡くださいますようお願いします。

最後になりますが、今年も皆様のご協力ご支援により出版までたどり着くことができました。感謝申し上げます。特に鉱脈社の小崎美和様には多くの場面で支えてくださり、厚くお礼申し上げます。

編集委員会

岩田　英男
須河　信子
戸田　淳子
中村　薫
森本　雍子

パスカルの微笑

みやざきエッセイスト・クラブ 作品集28

印刷 二〇二三年十一月 四 日
発行 二〇二三年十一月二十六日

編集・発行 みやざきエッセイスト・クラブ ©
事務局 TEL ○九○－一四四四－五九五八
miyazaki_essayist2021@yahoo.co.jp

印刷・製本 有限会社 鉱 脈 社
宮崎市田代町二六三番地
TEL ○九八五－二五－一七五八

みやざきエッセイスト・クラブ作品集　バックナンバー

No.	書名	発行年	頁数	価格
1	ノーネクタイ	1996年	134頁	874円
2	猫の味見	1997年	186頁	1200円
3	風の手枕	1998年	320頁	1500円
4	赤トンボの微笑	1999年	162頁	1200円
5	案山子のコーラス	2000年	164頁	1200円
6	風のシルエット	2001年	146頁	1200円
7	月夜のマント	2002年	154頁	1200円
8	時のうつし絵	2003年	186頁	1200円
9	夢のかたち	2004年	184頁	1200円
10	河童のくしゃみ	2005年	188頁	1200円
11	アンパンの唄	2006年	208頁	1200円
12	クレオパトラの涙	2007年	184頁	1200円
13	カタツムリのおみまい	2008年	172頁	1200円
14	エッセイの神様	2009年	156頁	1200円
15	さよならは云わない	2010年	156頁	1200円
16	フェニックスよ永遠に	2011年	164頁	1200円
17	雲の上の散歩	2012年	160頁	1200円
18	真夏の夜に見る夢は	2013年	172頁	1200円
19	心のメモ帳	2014年	188頁	1200円
20	夢のカケ・ラ	2015年	216頁	1200円
21	ひなたの国	2016年	196頁	1200円
22	見果てぬ夢	2017年	192頁	1200円
23	魔術師の涙	2018年	192頁	1200円
24	フィナーレはこの花で	2019年	202頁	1200円
25	上を向いて歩こう	2020年	216頁	1200円
26	珈琲の香り	2021年	176頁	1200円
27	記憶の手ざわり	2022年	152頁	1200円
28	パスカルの微笑	2023年	132頁	1200円

（いずれも税別です）